光文社文庫

文庫書下ろし

猫に引かれて善光寺

新津《にいつ》きよみ

光　文　社

この作品は光文社文庫のために書下ろされました。

目次

猫に引かれて善光寺

第一章　友と猫と約束

「あー、疲れた。よく歩いたよね」

片瀬敏子《かたせとしこ》は、クッションの効いたソファに腰を下ろすなり、そう言って深く息を吐いた。

「ホント、たくさん歩いたね。善光寺《ぜんこうじ》の本堂から長野《ながの》駅までって、何キロあるのかな」

向かいに座った宮田文枝《みやたふみえ》も、太腿《ふともも》を揉みほぐしながら言う。

「二キロくらいじゃないかしら」

「もっと歩いた気がする。太腿がパンパンだもの」

「それだけ、わたしたちが年をとったってことじゃない？」

「そうか。六十代最後の年。疲れるはずだね」

敏子の言葉を受けて、文枝が苦笑する。

行きは緩やかな上り坂でもあり、バスを使ったが、帰りは「駅まで歩いてみようよ」

「うん、そうしよう」と意見が一致して、仲見世《なかみせ》通りから中央《ちゅうおう》通りと、本堂と駅をつなぐ表参道をゆっくり歩いて下った。途中、観光客が入るような洒落《しやれ》た喫茶店がいくつか目に入り、何度も休憩したい気持ちに駆られたが、我慢して歩き続けてようやく長野駅に到着し、駅直結の「ホテルメトロポリタン」のロビーラウンジにたどり着いたのだった。

——来年で古希《こき》か。

改めて年齢を自覚し、敏子はかすかにめまいを覚えた。

「この十年、いろいろあったよね」

運ばれてきたグラスの水を飲んでひと息つき、長野県産の葡萄《ぶどう》ジュースと白桃《はくとう》ジュースを注文するなり、敏子からそう切り出した。

「ああ……うん、いろいろあったね」

文枝も過去を思い起こすように目を細めて、そう応じた。

十年のあいだに、敏子は、両親と義母と夫の四人を立て続けに見送った。義父はそれより以前に他界している。文枝は双方の親を見送ったばかりか、病床にあった二つ上の独り身の兄まで看取ったが、夫を出張先で亡くしたときはまだ四十代だった。

「わたしたち、ついに一人暮らしになっちゃったね」

「ああ、うん」

互いの子供たちもとっくに家庭を持ち、二人とも孫がいる。

ともに過去を振り返っているのか、それ以上会話が続かない。同じ長野市内に住んでいながら、葬儀以外で顔を合わせる機会はなかなか持てずにいた。介護を含め身辺があわただしくて、自分のことに時間を割く余裕がなかったのだ。

「猫を飼おうかと思って」

テーブルに二種類のジュースが置かれるのを待っていたかのように、文枝が沈黙を破った。彼女の前に置かれたのは白桃のジュースだ。

「えっ、猫を飼うの？」

電話や携帯電話のメール機能などを使って、頻繁に連絡は取り合っている。その中で、文枝が猫や犬などのペットの話題に触れたことは一度もない。

「猫が出るテレビ番組を観ていたら、気分がすごく癒されてね。家に猫がいるのもいいかな、と思い立ったの。生活空間に何か動くものがいてほしいというか」

「そう」

「敏子さんは？　猫と一緒に暮らしてみたいとは思わない？」

「わたしは……いまの生活で充分かな」

そう答えて、敏子は小さく笑った。

東京二十三区からはずれた郊外の団地で育った敏子は、子供のころから猫も犬も飼ったことがなかった。飼ったことのあるのは、夏祭りですくった金魚だけである。

一人暮らしが全然寂しくないといえばうそになるが、自宅の庭に並べた鉢植えの手入れをしたり、近くの公園を散歩して花や木を眺めたり、図書館で本を借りて家で静かに読書をしたり、趣味の書道を楽しんだりしているだけで充足感を覚える性分なのだ。

「文枝さんは世話好きだから、猫と暮らしてもいいんじゃない？」

保健師として定年まで勤め上げた文枝は、有能で仕事熱心と評判だった。地域住民の相談にも親身になって乗ってあげていた。専門職を持っていたから、夫の死後も二人の子供を立派に育て上げることができたのだろう、と敏子は彼女を尊敬のまなざしで見ている。

「そうだよね。猫と暮らしてもいいよね」

文枝は、自分に言い聞かせるように言う。

「猫の平均寿命って、どれくらいなの？」

ふと気になって、敏子は聞いてみた。

「野良猫は四、五年で、飼い猫は十五年くらいって、どこかに書いてあったけど」

「野良猫って、四、五年しか生きられないの？」

「エサにありつけなくて栄養失調になったり、交通事故に遭ったり、病気にかかったりで、概して短い生涯みたいよ」

「そうなのね」

「そういうかわいそうな野良猫を少しでも減らすためにも、保護猫を引き取ってみようかと思ってね」

「いい考えなんじゃない？」

「だけど……」

保護猫を引き取る、と決めておきながら、文枝の口調は重たい。

「年齢を気にしてるの？」

心中を察して、そう尋ねてみた。

「七十歳から飼い始めるとして、十五年後は八十五歳。それまで健康でいられるかどうか」

敏子は、大丈夫じゃない？　と言おうとして、言葉を詰まらせた。軽々しく大丈夫、などとは返せない。大丈夫という保証はないのだ。多少血圧が高めではあったものの内臓などに疾患はなく、ほぼ健康体だった文枝の夫は、出張先のホテルで脳出血を起こして倒れ、運ばれた病院で亡くなっている。

「やっぱり、無理だよね。いまから猫を飼うなんて」

敏子の心に去来する思いを察したらしく、文枝は残念そうにかぶりを振る。「ちらっと話しただけで、東京の息子にも反対されたし」

「猫を飼うのはダメだって？」

文枝の息子は、東京の大学を出て東京の会社に就職し、東京の女性と結婚して、東京にマイホームを買ったと聞いている。

敏子の一人娘と文枝の長男は同学年で、長野市内の高校に入学するときの説明会で隣同士になったのがきっかけで、二人は親しくなった。子供の性別が違ったせいか、進路を巡って張り合う気持ちなどを持たずに済んだことも、友人関係が壊れずに続いている要因の一つかもしれない。

「『お母さん、その年齢で、猫が死ぬまで面倒見られる自信があるの？』って言われて」

「万が一のことがあったら、子供たちに引き取ってもらえばいいじゃない」

「ペット禁止のマンションではないけど、息子のお嫁さんがきれい好きで……」

「猫の毛が苦手だとか？」

「柱や壁を爪でひっかかれるのが嫌みたいで。ずっと前に、狭い畑で採れた大根やじゃがいもを送ったら、『うちは勝手口がないので、泥のついたものは、なるべく送らないようにしてください』って言われちゃってね」

嫁姑の不仲さを匂《にお》わせて、文枝は顔をしかめる。

「娘さんは?」

文枝には、敏子の娘と同い年の息子のほかに、大阪に住んでいる娘がいる。

「あの子の夫は転勤族だし、夫婦揃って教育熱心だから、当分子供中心で、ペットのことなんか眼中にないみたい」

そう答えると、文枝は肩をすくめた。「諦めるしかないか」

「諦めちゃダメよ」

思わず大きな声が出て、敏子は我ながら驚いた。大人になってからできた数少ない、いや、唯一《ゆいいつ》と言い切ってしまってもいい友である。その友に諦めてなどほしくない。猫と暮らすことは彼女の生きる張り合いにつながるはずだ。彼女の好きなように老後を送ってほしかった。

「だけど、どうすれば……」

「縁起でもないことは考えたくないけど、文枝さんに万が一のことがあった場合は、わたしが猫を引き取るから」

「敏子さんが?」

一瞬、虚をつかれた表情を作ったのちに、文枝は破顔した。そして、「わたしも縁起でもないことは言いたくないけど、わたしより先に敏子さんに万が一のことがあった場合は？」と、いたずらっぽい目をして切り返してきた。

「そのときは……」

ううん、と首を横に振って、やめましょう、と敏子は言葉を続けた。「未来のことなんて、誰にもわからない。お互いに健康でいましょうよ。気持ちを強く持って。健康でいられるはず、猫より長生きできるはず。そう信じましょう」

「そうだね。子供たちなんて関係ない。わたしの人生、わたしの好きなようにする」

うんうん、と文枝も楽しそうにうなずいた。

敏子が葡萄ジュースの残りを飲み干す姿を見ながら、「それにしても不思議だよね」と、文枝は微笑《ほほえ》んだ。「東京生まれの敏子さんが、いまじゃすっかり信州人だもの」

「それはそうよ。こっちに来てもう四十年以上たつんだから」

「だけど、『信濃《しなの》の国』を六番まできちんと歌える人なんて、長野県民でもなかなかいないよ」

「あれは、子育ての過程で覚えて、個人的に興味を持ったから、勉強のつもりでがんばって暗記しただけよ」

謙遜して答える最中、頭の中を長野県の県歌である「信濃の国」のメロディーが流れ出す。

——信濃の国は十州《じっしゅう》に　境連ぬる国にして　聳《そび》ゆる山はいや高く　流るる川はいや遠し松本《まつもと》　伊那《いな》　佐久《さく》　善光寺　四つの平《たいら》は肥沃の地　海こそなけれ物さわに　万《よろ》ず足らわぬ事ぞなき

娘の里穂《りほ》が小学校の音楽の授業で「信濃の国」を習ったと知って、敏子は驚いたものだった。生まれ育った東京に「都歌」などというものがあっただろうか。あったかもしれないが、どこかで教わったり、みんなで歌ったりした記憶はなかったからだ。もの珍しさから、娘より母親の敏子のほうが熱中して諳《そら》んじた。

「転調する四番もきれいに歌える人なんて、わたし、敏子さん以外に知らないよ。純信州産のわたしなんかよりすごくない？」

「もう、やめてよ」

敏子は恥ずかしくなって、文枝の前で手をひらひらさせた。

「こうやって敏子さんと知り合えたのも、亡くなったご主人のおかげだね。ご主人が東京から敏子さんを長野に強奪してきて、わたしに引き合わせてくれたわけだから」

文枝の口調が、過激なセリフに似合わぬしんみりしたものに変わった。文枝と出張先で亡くなった夫は、二人とも長野県出身で、中学校の同級生だった。

「そうね、あの人の……」

おかげね、と続けようとして、胸にこみあげるものがあり、敏子は言葉を切った。

夫の片瀬修《おさむ》の身体《からだ》に異変が起きたのは、二年前だった。精密機器の会社を定年退職した修は、趣味のゴルフをしたり、図書館通いをしたりして、老後の生活を楽しんでいたのだが、会社員時代と違って定期的な健康診断は受けていなかった。「最近、背中や腰が痛むんだよな」と言って医者にかかったところ、すい臓にがんが見つかった。骨に転移したかなり進んだ状態だった。医師に告げられた余命の半年より二か月長く闘病した末に、修は旅立った。享年七十二。

「ご主人のプロポーズの言葉、すてきだったよね。『牛に引かれて善光寺参り』を持ち出しての名ゼリフ。『たとえば、あなたがぼくの誘いに』とか何とか……」

文枝がそう冷やかし始めた途端、敏子の体内の時計が四十五年前に巻き戻った。

都内の短大を出て都市銀行に勤めていた敏子は、友人の結婚式の二次会で新郎の友人として出席していた修と知り合った。最初は修と一緒にいた友人のほうが積極的で、敏子に電話番号などをしつこく聞いてきたのだが、その友人が悪酔いしてほかの友人と先に帰ったあと、「さっきはごめんね」と、あやまりに来たのが修だった。何となく好感を抱いたので、彼にはためらうことなく電話番号を教えた。翌日すぐに電話がかかってきて、その翌日には退社後にデートをした。

それからひと月もたたないうちに、修は敏子に結婚を申し込んだ。といっても、敏子にはそれが「プロポーズ」だとはすぐにはわからなかった。

――ぼくは、いまは東京勤務ですが、いずれ長野に転勤になる予定です。長野県の長野市。実家がそこにあるんです、って前にも話しましたよね。長野市はお好きですか？……よかった。はい、善光寺がある長野市です、ってこれも話しましたっけ。

――『牛に引かれて善光寺参り』って言葉、知っていますか？……ええ、小林一茶《こばやしいっさ》の有名な俳句、「春風や牛に引かれて善光寺」がもとになっています。信仰心のまるでない欲深いおばあさんが川で白い布を洗っていたら、その布が一頭の牛の角《つの》に引っかかってしまい、布を引っかけたまま牛が走り出しました。おばあさんは、必死になって牛のあとを追いました。追いかけ、追いかけして、たどり着いた先が善光寺だったんです。それで、おばあさんの心に仏の心が芽生えて、信心深い人間に生まれ変わったという言い伝えがあります。

――その逸話が転じて、思いがけないことが縁で、偶然よい方向に導かれるという教訓が生まれました。本当かどうか……いや、本当なんです。だから、善光寺なんです。長野なんです。何を言いたいかというと……その……他人の誘いによって、想像もしなかったよい結果に至る場合もあるというか……。

――たとえば、あなたがぼくの誘いに乗って縁もゆかりもない長野に来たとしたら、すごく幸せになるんじゃないかと……そう、ぼくは思うわけです。

「いま、プロポーズされたときのことを思い出していたでしょう?」

文枝も懐かしそうな目をして聞いた。

「ああ、うん」

うなずいて、敏子は熱くなった目頭を指で押さえた。一生忘れられないすてきなプロポーズの言葉には違いない。

「お母さんくらいまでが、専業主婦でいられた最後の世代だね。いまは、結婚しても子供を産んでも女も働き続けるのは当然って時代だから」

里穂がそううらやましげに語ったことがあったが、本当にそのとおりだと敏子は思う。小さいころから書道を習っていた敏子は、子育てが一段落したときに人づてに頼まれて、お中元やお歳暮などの繁忙期にデパートで筆耕のアルバイトをしたこともあったが、あくまでも家計の足しにすぎなかった。夫が経済的に家庭を支えてくれていたありがたさを、夫が死んだいまも感じている。

そして、義父母や夫や娘がいなくなった家に、敏子は一人で住み続けている。

「じゃあ、また」

「気をつけてね」

長野駅の構内に入り、ＪＲの在来線の改札口まで文枝を見送ると、敏子はきびすを返した。

＊

文枝の自宅は、長野駅から三つ目の今井《いまい》駅が最寄り駅で、駅から歩いて五分の桃畑の広がるのどかな住宅街の一画にある。

対して敏子の自宅は、長野駅から徒歩圏内にある。県民文化会館、通称ホクト文化ホールの近くのこちらも一戸建てで、歩けば十数分の距離だが、この日は善光寺参りで歩き疲れていたので、迷わずタクシー乗り場を目指した。

第二章　約束のその後と善光寺

1

携帯電話の画面を見て、敏子は首をひねった。昼過ぎになっても、文枝から返信がこない。

「おかしいな」

七十歳になった記念に、空き地に捨てられていた子猫を動物保護団体から引き取って飼い始めて一年。「ニシン」と名づけた飼い猫に夢中になった文枝は、ときどき「こんなにかわいい仕草をするんだよ」とか「だいぶ成長して、こんなこともできるようになったよ」などとコメントをつけては、写真や動画を送ってくる。

昨日も夕方、仏壇の前の分厚い座布団に鎮座したすまし顔のニシンの写真を送ってきたので、「神妙にしている顔もかわいいね！」と、顔マーク入りで即コメントし、「またニシンちゃんに会いにいってもいい？　いつが都合いい？」と続けた。「いいよ。あとで知らせるね」と返信がきたきり、日付が変わって朝になり、昼が過ぎても都合のいい日を知らせてこない。いつもは、都合を聞くと、一時間以内には返事がくるのに。

——わたしがヤキモキしすぎなのかしら。

敏子は、苛立《いらだ》つ自分を省みた。

ニシンとは先週会ったばかりだ。一人暮らし同士でもあるし、誰にも気がねすることなく互いの家を行き来できる境遇になったわけだが、この一年、もっぱら敏子が訪問する側になっている。ほぼ週に一度のペースだ。友達である文枝はもとより、猫のニシンに会いたい一心だった。

ニシンに会うまでは、テレビ番組やＣＭに猫が登場しても「あら、かわいいわね」くらいの感情しか持たなかった敏子が、ニシンと対面してほんの二時間過ごしただけで、その小悪魔的な魅力——ニシンは黒白のメス猫——にすっかり取りつかれてしまった。

最初はこちらを警戒して飼い主の文枝のそばにうずくまっていたニシンが、敏子がバッグから鈴のついたポーチを取り出すなり、すっくと身を起こした。「ニシンちゃん、おいで」と、文字どおり猫撫で声を出して鈴を振ると、途中まで身を低くしてそろそろと近づいてきたニシンは、不意に俊敏な動きを示して鈴に飛びついた。敏子が手にしたポーチを高く掲げると、そこまで軽やかに飛び上がろうとする。そのしなやかな身のこなしと、標的である鈴を狙うガラス玉のような神秘的な輝きを帯びた緑色の目に、心臓を射すくめられたような感動を覚えたのだった。

足元にすり寄ってきたニシンのタンポポの綿毛のように柔らかな毛を撫でてやると、ゴロゴロと喉を鳴らして気持ちよさそうに目を細める。その表情も愛らしくて、撫でながら思わず頬が緩んでしまう。

そうやってひとしきり相手になって遊んでやっても、あるとき急に一切の興味を失ったように動きを止め、また飼い主の元に戻っていったり、まったく違う方向へゆるゆると歩いていき、ソファの隅っこに丸まったりする。十秒先の行動が予測できない。その自由奔放さや勝手気ままさも、またたまらなく魅力的に敏子の目には映るのだ。孫をかわいく思う心理と似たようなものかもしれない、と思う。親ではないから、保護者としての責任はない。会いたいときだけ会えばいい。もてあましたら、保護者――飼い主に返せばいい。

その昔はかわいくてたまらなかった敏子の本物の孫たち――里穂の二人の息子は、高校一年生と中学三年生の年子で、「おばあちゃん」「おばあちゃん」と祖母を慕ってまつわりつく年頃を過ぎている。「もっとズボンを上げて、身なりをきちんとしなさい」「ちゃんと勉強しなさい」などと小言の一つも言おうものなら、「うるせえ、ババア」と、憎たらしい言葉が返ってくることさえある。その点、猫は文句も言わないし、お年玉もねだらないからいい。

敏子は、カレンダーを見て確認した。文枝は二週間に一度、地域の公民館で行われている介護予防を目的とした体操教室に参加している。月に一回程度、歌声喫茶にも通っている。だが、今日は体操教室も歌声喫茶もない日だ。

何度か固定電話にもかけてみたが、受話器が上がる気配はない。呼び出し音をしつこいほど鳴らしたのは、「最近、何だか耳の調子が悪くてね。耳が遠くなったみたい」と、文枝が嘆いていたのを思い出したからだ。呼び出し音が聞こえていないのかもしれない、と思った。だが、いくら鳴らしても出そうにない。

留守なのか。留守にするときは、玄関はもとより、ニシンが逃げてしまわないように勝手口や雨戸の戸締りをしっかりするよう心がけている文枝である。築年数を経た古い家なので、勝手口に通風孔や煙突跡などの塞ぎきれない隙間があるのだ。とにかく、「ニシンがうっかり外に出て事故に遭わないように」と、細心の注意を払っている文枝なのである。

——急に息子か娘の家に行くことになったのかしら。あるいは、逆に子供たちの家族が帰省して、どこかへ連れ立って出かけたのか。

子供たちが近々帰省する予定があるとは、文枝は話していなかった。あれこれ推理を巡らせてみたものの、同市内に住む、自分と同世代の一人暮らしの女性の行動範囲などたかが知れている。病院か買い物か。通院のサイクルも友達としてほぼ把握しているが、今日は通院日にはあたっていない。かさばる日用品や食料品は、週に一度生協を利用して購入している。その生協の配達日も今日ではない。散歩がてらスーパーやコンビニに買い物に行ったとしても、こんなに長時間留守にするのはおかしい。

丸一日が過ぎると、さすがに不安になってきた。固定電話にも携帯電話にも応答はなく、メールの返信もない。

——家の中で倒れているのでは？

胸の中で不安が膨らんできた。出張先で脳出血で倒れた彼女の夫の例もある。文枝の兄も脳梗塞で倒れて、隣町の川中島《かわなかじま》の病院に入院していた。退院後、文枝は、右半身に麻痺が残った兄を自宅に引き取って介護していたのである。敏子も見舞いに訪れたことがある。病院や施設の送迎に必要だった自家用車は、維持費がかかるからと兄の死後に処分してしまった。したがって、車での遠出も考えられない。

家の中で倒れている友の姿を思い浮かべたら、それしか想像できなくなった。

敏子は、急いでしたくを整えて家を出た。全国的に暑さが厳しかった夏も終わり、初秋へと向かう過ごしやすい季節のはずだが、敏子の背筋は冷えていた。

長野駅へと急いだ。改札口の表示板で二分後に始発駅を出る電車があると知り、久しぶりに階段を駆け下りる。途中、膝がガクンとなって、古希を過ぎた自分の年齢を思い知らされた。

今井駅で下車し、西口に出て、両側に桃畑や田畑が続く一本道を文枝の家へと急ぐ。数軒並んだ住宅地の後ろに桃畑が広がり、また住宅地となる。赤いトタン屋根の二階建てが文枝の家だ。板塀に続く低い生垣の向こうに見える雨戸は閉まっていない。少しホッとした。文枝は、けさはちゃんと起床して、居間の雨戸を開けたのだろう。雨戸を閉めるのは、暗くなってからと決めている文枝である。午後五時前で、日が暮れるにはまだ早い時間だ。

ところが、門柱に設けられた郵便ポストを見た瞬間、敏子は凍りついた。新聞がささったままになっている。文枝が契約しているのは地方新聞で、配達してもらっているのは朝刊のみである。その朝刊をまだ取りに現れていないということは……。

小走りで来たので、息が上がっている。気分を落ち着かせるために、生唾《なまつば》を呑《の》み込む。肩を上下させて、門扉を押した。足がもつれる。玄関の引き戸に手をかけると、すっと開いた。敏子も一人暮らしになって気をつけるようにはなったが、日中、在宅中は玄関の鍵をかけないことも多い。猫を飼うまでは、文枝も同様だった。ニシンとの同居生活を始めてから、戸締りには気を配るようになったはずだが……。

「文枝さん？」

自然にかけたつもりの声が震えている。

応答はない。足元を見て、尋常ではない何かがこの家で起こったことを、敏子は察知した。文枝が普段履きにしている赤いサンダルの片方が、ひっくり返って壁際に転がっている。靴は玄関に必ず履き揃える文枝なのに。

「文枝さん！」

敏子は、さらに大きな声で呼びながら、靴を脱いで板間に駆け上がった。この家の間取りは頭に入っている。

廊下の突きあたりが台所で、その手前が食堂、食堂に続く居間は庭に面している。廊下の左側に仏間と和室があり、その奥が洗面所だ。二階にも何部屋かあるらしいが、一人暮らしになってから洗濯物を干すときくらいしか二階には上がらない、と文枝が語っていたのを覚えている。

そのとき、廊下の奥でピチャッと水が跳ねるような音がした。水滴だろうか。緊張で足の裏がかゆくなるような感覚を抱きながら、おそるおそる歩を進める。

シンクというより流しという表現がぴったりの古い造りの台所。その流しの中で、ふっくらとした黒と白の毛の塊が動いている。

ニシンだ。流しに置かれたステンレスのボールにたまった水を、赤い舌先を器用に使いながら飲んでいる。その光景もまた、尋常ではないことに思い至る。ニシンは飢えを水で凌《しの》いでいるのだ。

心臓の鼓動が速まる。視線を台所から食堂へと移す。

悲鳴が乾いた喉の粘膜に貼りついた。

文枝がうつぶせになって、食堂の床に倒れていた。

月に一度は美容院で髪を染めてもらっている文枝である。互いの生活サイクルさえも把握し合っている仲なのだ。美容院へ行く前なのだろう、頭頂部の髪が乱れて地肌が透けて見え、根元の白髪が露《あら》わになっている。青いサマーセーターの襟元からのぞいた首筋には、何かで絞められた跡がくっきりと残っていた。

2

喪失感を伴う大きな虚脱感に襲われたのは、殺人事件に遭遇した母親を気遣って帰省していた里穂が、千葉の家族のもとに帰ったあとだった。

「二人きりになっちゃったね」

肘掛け椅子にちょこんと乗り、こちらにビー玉のような緑色の目を向けているニシンに、敏子は話しかけた。

ニシンは猫だから、当然ながら何も言葉を返さない。鳴き声も発しない。文枝の家で水を飲んでいたニシンに出くわしたとき、敏子の姿を認めるなり、「ニャア、ニャア」と、自分の存在をアピールするかのごとくうるさいほど鳴き始めたあのときとは別人、いや、別猫のようだ。あのときは、空腹に耐えられず、盛大にエサを要求していたのだろう。

そのニシンを、猫の毛のアレルギーを理由に、滞在中、里穂は避け続けていた。帰り際、「お母さん、本当に大丈夫？　責任持ってその猫飼える？」と念を押されて、「大丈夫よ。これは、文枝さんとの約束だから」と、きっぱりと答えた敏子だった。

一年と少しというニシンとの短い「同居生活」を予感していたのだろうか。文枝は、「終活ノート」と表紙に書いた大学ノートにいくつか項目を設けていた。そして、「遺言」の項目にこう記していた。

――わたしの死後、猫のニシンを片瀬敏子さんに譲る。

もちろん、そんな遺言がなくともニシンは敏子が引き取るつもりだったが、単なる口約束のままだったら、文枝の子供たちが、敏子の年齢を理由に動物保護団体や保健所に押しつけてしまったかもしれない。

第一発見者としての指紋採取を含む事情聴取、故人が殺人事件の被害者という重苦しい空気の中での葬儀、悲痛な思いを抱えての被害者遺族との交流、とふだん顔を合わせることのない人間とのやり取りで気が張り詰めていたのだろう。

それらが一段落して、自宅でのニシンとの二人きりの新たな生活が始まった途端、〈ああ、文枝さんはもうこの世にはいないのだ〉という深い悲しみと、〈いなくなっただけではない。彼女は惨《むご》たらしい殺され方をして亡くなったのだ〉という心臓をわしづかみにされるような息苦しさとに、同時に襲われたのだった。

――命名　二信改めニシン

筆字で書かれた半紙が、居間の壁に貼ってある。文枝に頼まれて、敏子が墨を磨《す》って書いたものだ。「どうしてニシンなんて魚みたいな名前をつけたの？」と聞いたら、文枝はこう答えた。

「川中島ゆかりの戦国二大武将からとったのよ。上杉謙信《うえすぎけんしん》と武田信玄《たけだしんげん》。どちらにも『信』っていう字が入っているでしょう？　信が二つで『信二』でもよかったけど、この子は女の子だから『ニシン』にしたの。いい名前でしょう？」

川中島は、犀川《さいがわ》と千曲川《ちくまがわ》が合流する扇状地《せんじょうち》で、今井の隣に位置し、越後《えちご》の国の上杉謙信と甲斐《かい》の国の武田信玄が合戦を繰り広げた地として知られている。桃の産地としても有名で、川中島の桃は、この地で生まれ育った文枝の好物でもあった。

敏子が書く筆字が好きだと言い、一年が過ぎても文枝は壁からその紙を剝がさなかった。それを、形見のようなつもりで、ニシンと一緒にもらってきたのである。もちろん、事件現場であるから、警察の許可を取っている。

「ニシン、寂しくなったね」

ふたたび話しかけると、ニシンはしばらく敏子に射るような視線を投げていたが、急に飽きたようにそっぽを向いてしまった。その場を動かず、そばに寄ってこようとしない。このところ、こういう反応が多い。

――こいつは、いままでの飼い主とはどこか違う。

そんな訝《いぶか》しげな気持ちを視線にこめているように感じられるのである。敏子が新しい飼い主として信頼できる人間なのかどうか、見極めようとしているのではないかとさえ思える。文枝が「わたしの夕飯の残りの焼き鮭なんかをあげると、喜んでがっつくように食べるんだよ」と話していたので、自分もそのとおりにご飯のおかずを分け与えてみるのだが、鼻先で匂いをかいだだけで皿からプイと離れてしまう。食べてくれるのは、市販のキャットフードのみである。

何が違うのか、どこがいけないのか、考えてもわからない。

ニシンは、部屋の片隅や椅子の上でじっとしていたかと思うと、急に何かに急《せ》き立てられるかのように素早い動きを見せて、家の中を駆け回る。ときには、二階まで駆け上がり、しばらくして駆け下りてくる。まるで、いままで住んでいた家との間取りや空気の違いを確認するかのように。

「ニシン、ごめんね。ここは、あなたにとって居心地の悪い家かもね」

住み慣れた文枝の家のほうがよかったのかもしれない。だが、どうしようもない。慣れてもらうよりほかないのだ。

先が思いやられて大きなため息をついたとき、玄関チャイムが鳴った。食堂のモニター画面でチェックすると、見覚えのある顔だった。長野県警の勝野《かつの》という刑事だ。

「犯人が捕まったの？」

家に招じ入れようとしたのを手で制した刑事を、「座って話したいので」と強引に居間に招き入れるなり、敏子は単刀直入に尋ねた。それまでの聴取は、二人ひと組で行われていたが、今日は勝野刑事一人である。いままでとは違う、何かある、と直感した。

「いえ、まだ容疑者は……絞れていません」

犯人を容疑者と言い換えて、勝野刑事はそういう表現で答えた。

勝野刑事は四十代半ばくらいだろうか。娘の里穂と同世代だから、息子といってもいい年頃だ。

「絞れていないってことは、何人か疑わしい人がいるという意味?」

息子のような年だと思うと、おのずとタメ口になる。

「それはまだ何とも」

曖昧に受けて、勝野刑事は首を横に振る。

「でも、少なくともわたしは、容疑者リストから除外されているのよね?」

そんな冗談めかした言い方も気軽にできる。被害者宅に出入りしていた人間として、敏子は両手指の指紋を採取されている。文枝の死因は、両手で首を絞められたことによる窒息死と判明したのだから、遺体や現場の状況などから判断して、第一発見者の敏子が犯人ではないことは明白なはずだ。

検死の結果、文枝が亡くなったのは、敏子が発見した日の前日の夕方と判明している。一人暮らしとはいえ、まだ七十代前半だ。東京に住む息子も大阪に住む娘も、毎日連絡を取り合う必要性は感じていなかったらしく、そのあいだ電話もかけなければ、メールも送っていなかった。

「ええ、はい」

勝野刑事は、素直に認めてちょっと笑った。が、不謹慎だと思ったのか、すぐに表情を引き締めた。「それで、今日おうかがいしたのは」と、用件を切り出す。「事件の直後は、お友達を亡くされたショックが大きくて、動揺されていたり、混乱されていたりしたかとお察しします。そのときは気づかなかったこともあるでしょう。ある程度時間がたって、思い出されたことはありませんか？」

「ああ……そういうことね」

合点がいった。七十一歳の第一発見者は、高齢者のくくりに入れられるのだろう。記憶力の低下を疑われているのかもしれない。

それで、正直に答えた。

「とくにないけど」

本当に、何も新たに思い出す事柄などない。家の中に、ニシン以外の誰かがいたような気配は感じなかった。玄関の文枝のサンダルが転がっていたことから、犯人は文枝を殺害した直後に玄関からあわてて逃走したと思われる。そのことは伝えてあったし、警察も逃走経路などについてはとうに調べているはずだ。

「宮田文枝さんの交友関係についても、何か思い出されたことはありませんか？」

「わたしが知っているかぎりの情報は、前にお伝えしたはずよ」

「ええ、うかがいました。でも、そのあとで、何か新たに思い出したことがあればお話しください」

勝野刑事は、しつこく繰り返す。「宮田文枝さんが誰かに恨まれていたなんてことは……」

「それは、絶対にありえないわ」

誰かに恨まれるような人間ではなかった、とこれまでの聴取でも口酸っぱく訴えている。

「物盗りの犯行なんでしょう？」

敏子は、少し苛立った口調で確認した。

現場の部屋に財布はあったが、現金が入った封筒がなくなっていること、容疑者は住人を殺害後、玄関から逃走した可能性が高いことなどは、すでに新聞で報道されている。文枝が自宅に封筒に入れた現金を置いていたことを警察に話したのは、敏子本人である。「急に現金が入り用になることもあるだろうから、十万円は手元に置いておくの」と語っていたのを覚えていた。

強盗の犯行としか考えられない。留守かどうかを確認するために玄関チャイムを鳴らすか、声をかけるかしたが、応答がなく、鍵がかかっていないこともあり、玄関から侵入した。のどかな地方都市では、いまだに日中、近くまで出かけるのに鍵をかけなかったりする家も多い。耳が遠くなっていた文枝には、チャイムの音や声が聞こえなかった。鍵のかかっていない玄関から入り、居間の引き出しを探っていたところ、住人に見つかり、騒がれたので殺害して逃走した……。そういう状況は、素人《しろうと》の敏子でさえ推理できる。

猫を飼い始めて戸締りに慎重になっていたはずの文枝が、なぜ玄関の鍵をかけていなかったのか。それが不思議だったが、部屋にあった生協の注文票と宅配便の業者の証言でその謎も解けた。事件のあった日の午後、文枝が生協で注文していた通販のバスマットを、宅配業者が届けていたのである。荷物を受け取ったあと、文枝はうっかり鍵を閉め忘れたのだろうと推察された。だが、それらの経緯は報道されてはいない。

「物盗り……強盗の可能性が高いとして、なぜ宮田さん宅を狙ったのか……」

勝野刑事は、まるでひとりごとのように言った。

強盗の犯行だとしても、行きずりの犯行か、顔見知りの犯行か、そこを問題にしているのだろう。体操教室や歌声喫茶の仲間、生協などの出入り業者を含めた交友関係、東京と大阪に住む子供たちをはじめ親族のアリバイなどについては、調べを進めているはずだ。近隣の聞き込みも続行しているだろう。文枝の隣家が住民の転居により、空き家になっていたことは敏子も知っている。

「今井駅周辺の防犯カメラなどは、もちろんチェックされたのよね？」

そんな基本的な捜査は当然されているはずだとわかっていたが、いちおう尋ねてみた。

「ええ。東口は公共施設や集合住宅も複数あって賑《にぎ》やかなんですが、桃畑の広がる西口は人通りが少なく、それに比例して防犯カメラの台数も少なくて」

勝野刑事は、言い訳がましく聞こえるような答えを返してきた。が、それだけの答えから、捜査が難航している様子を敏子は感じ取った。

「お疲れかもしれませんが、もう一度、お聞かせ願えませんか？」

そう前置きしてから、勝野刑事は、事件の翌日、敏子が被害者宅を訪問した時間、そのときの現場の様子などに関して、いくつか質問してきた。それらは、もう何度も飽きるくらい話した内容だった。

――わたしの認知能力が衰えていないかどうか、確認する目的もあって来たのか。

たとえば、前回話した内容と今回話した内容が異なった場合、認知能力の低下を疑い、証言自体の信憑性《しんぴょうせい》にもかかわる……。人生百年時代。後期高齢者にも達していない七十一歳なんて、まだ若いと思っていたのに。シニア世代とひとくくりにされて、証言能力を疑われている。内心でため息をつきながら、敏子は、一つ一つの質問に辛抱強く答えた。

少し開けてあった廊下の引き戸から、唐突にニシンが現れた。

「ニシン、でしたね。もう慣れましたか？」

猫を見る刑事の目元が柔らかくなった。

「慣れたのかどうかは」

まだわからない、と続けようとして、敏子の頭にある映像がふっと浮かんだ。「ニシンは、犯人を目撃したのかしら」

「えっ？」

不意をつかれた表情になった勝野刑事は、眉をひそめた。

「だって、あの家には文枝さんと一緒にニシンがいたわけだし、ずっと一緒だったとしたら、ニシンは犯人を見たはずよ」

「目撃していたとしても、猫から事情聴取はできませんよ」

勝野刑事は、突拍子もないことを言い出した高齢者を哀れむような口調になり、「猫は人間の言葉をしゃべりませんからね」と、ダメ押しのようにつけ加えた。

3

「ニシン、あなたが見たものを教えて」

刑事が帰ってから、肘掛け椅子に丸まったニシンに、同じ目線の高さになるように腰をかがめて、敏子は語りかけた。そこが、ニシンの最近のお気に入りの居場所になっている。

「犯人を見たんでしょう?」

ニシンは、ニャアとも声を上げない。

――事件現場を再現してみよう。

なぜ、そんなバカなことを思いついたのか。少しでも早い事件の解決につながれば、という焦りからだったかもしれない。台所と食堂と居間がつながる間取りや広さは、文枝の家とよく似ている。

自分が誰かに襲われて倒れた瞬間を演じたら、ニシンは驚いて、猫としての本能を剝《む》き出しにし、その日とった自身の行動を示してくれるかもしれない。たとえば、驚いたニシンが犯人に飛びついて、怪我をさせたりしたら。そこから、事件解決の糸口が見つかれば……。

一縷《いちる》の望みを抱いて、「いい? ニシン、よく見てて」と、ニシンのほうへ身体を向ける。侵入者を見つけて驚愕した文枝は、口を封じようとしたその侵入者――強盗から逃げようとして背を向けたはずだ。そこを後ろから襲われたとしたら……。

背後から何者かに襲われたふりをして、「あっ」と声を発し、押し倒される演技に入ろうとしたときだった。

畳に敷かれた絨緞《じゅうたん》のわずかな段差に爪先《つまさき》が引っかかった。綿の靴下の親指に緩みがありすぎたのかもしれない。

敏子は、前のめりになって床に倒れ込んだ。

4

清水真紀《しみずまき》は、真っ暗闇の世界にしばらくいたせいか、階段を上がって地上に出た瞬間、まばゆい光に思わず目をつぶった。隣の河合晴香《かわいはるか》も同様だったらしく、「わあ、まぶしい」と、両手で目を覆った。

窓から差し込む日の光に目が慣れると、二人は本堂を出て、山門の方角へと向かった。

「ご利益あるかな」

白い煙が立ちこめている大香炉のあたりで、晴香が本堂を振り返った。

「あるんじゃやない？　ほら、極楽の錠前《じょうまえ》を探りあてたんだし」

真紀は、明るい声で返した。

善光寺の本堂には、日本最古の仏像と言われる、絶対秘仏・一光三尊阿弥陀如来像《いっこうさんぞんあみだにょらい》が安置されているが、そのご本尊が祀《まつ》られている瑠璃檀《るりだん》と御三卿《ごさんきょう》の間《ま》のあいだの床下に部屋が設けられ、その部屋を全長四十五メートルの回廊が取り囲んでいる。

二人は、その長い回廊を歩き抜ける「お戒壇巡《かいだんめぐ》り」を終えたところだった。

漆黒の闇の中を壁伝いに右まわりに進んでいくと、扉に手が触れる瞬間が訪れるが、そこに取りつけられた錠前を探りあてると、ご本尊と結縁《けちえん》を果たすことができ、極楽浄土が約束されると言われている。極楽の錠前は、ご本尊の真下にあるとされているからだ。

「極楽浄土って、どんなところなんだろう」

「さあ、ハスの花が咲いているイメージしか浮かばないけど」

晴香のつぶやきに、知識のなさを自認して応じながら、真紀は訝る気持ちを抑えきれずにいた。

「長野に行かない？」

と、けさ電話をかけて誘ってきたのは晴香だった。

「琴音《ことね》ちゃんは？」

晴香と夫の河合賢人《けんと》のあいだには、一歳になった女の子がいる。

「いいの。今日はパパも休みだし、見ててもらうから。たまには息抜きしたい。女同士だけのほうが気楽でしょう？」

そう答えたときの晴香の口調がちょっと不機嫌そうに思えたので、真紀は、〈ああ、そうか、夫婦ゲンカしたんだな〉とすぐに察したのだった。しかし、松本駅から乗った篠ノ井《しののい》線の車内でも、晴香は夫婦ゲンカをしたことは認めたものの、ケンカの原因については何も語らなかった。

長野市に行ったことはあったが、善光寺を訪れたことのなかった真紀は、喜んで誘いに応じた。晴香も家族連れで車を走らせて善光寺に来たことはあっても、「お戒壇巡り」はしたことがないという。「ぼくも行きたいなあ」と甘えてきた夫の忠彦《ただひこ》を、「今日は女二人で楽しみたいから」と、振り払ってやって来たのだったが……。

「いざ山門へ」

真紀の訝る思いに気づかぬふりをしているのか、わざとらしくはしゃいで、晴香は山門の脇へと回り込む。二層入母屋《いりもや》造りの山門に上るにはチケットが必要だが、本堂の自動販売機で購入済みだ。

靴を脱いで、急な階段を慎重に上がる。回廊から市街地を眺めると、思ったより見晴らしがよい。

「松本城からの眺めとはまた違ったよさがあるね」

真紀が何の気なしに口にした感想に、

「どんな違い？」

と、なぜか晴香は突っかかってくる。

「どんなって……何ていうか、松本は北アルプスの高い山がぐっと迫ってくる感じがするけど、こっちはそれよりはなだらかな山に囲まれて盆地の広がりを感じるというか。だけど、そう、似ているところもあるね」

「どんなところが似ている？」

と、今度も晴香はこだわる。

「松本も長野も、ほら、すごく高い建物がないところかな」

真紀は、率直な感想を言った。「スカイツリーや高層ビルが林立する東京や、ランドマークタワーのある横浜とは明らかに違うよね」

真紀が生まれ育ったのは、横浜である。

「そうだね」

と受けておいて、「人口は長野市のほうが多いんだよね。松本市が二十四万人で、長野市が三十七万人だったかな」と、晴香は言葉を継いだ。

「それは、まあ、長野市は県庁所在地だし、新幹線も停《と》まるしね」

人口が多いことの説明にはなっていないかな、と思ったが、話の流れで口にすると、晴香が鋭い視線をよこした。が、何も語ろうとはしない。

山門を下りて、仲見世通りをぶらぶら歩いた。すれ違うのにも苦労する浅草寺《せんそうじ》ほどの賑わいではないが、それなりに人出は多い。

「小腹がすかない？」

まだ昼前だが、朝食が早かったこともあり、真紀は空腹を覚えた。長野駅から善光寺まで歩いてから本堂の「お戒壇巡り」をして、だいぶ身体を動かしてもいる。

「そうだね。軽く何か食べようか」

応じた晴香が視線を流した先に、ちょうどおやきの立て看板が出された土産《みやげ》物店があった。

「『つち茂《も》物産店』だって。ここ、ガイドブックに載ってたよ。江戸時代から続いていて現在十八代目で、焼き立てのおやきがおいしいとか」

真紀の意見も聞かずに、晴香はさっさと店に入る。

「ラー油野沢菜《のざわな》とねぎ味噌《みそ》チーズを一つずつ。半分にカットできますか？」

そして、やはり勝手に自分で種類を選んで、しかも半分にすることまで決めて店員に注文した。

ふかしたおやきに鉄板で焼き色をつけてから提供しているのだろう。店員が紙に挟んで渡してくれた香ばしいおやきを、晴香が店先のベンチに座って待っていた真紀に差し出した。

交互にほおばる。しんなりして甘みのある野沢菜にラー油の辛味が絡《から》まっておいしい。信州味噌とチーズの相性も絶妙だ。

「モチモチした食感がたまらない。伝統ある深い味わい。やっぱり、おやきは長野だね」

真紀が味の感想を言葉にすると、

「松本のおやきよりおいしいってこと？」

と、晴香が引っかかる聞き方をしてきた。

「グルメレポーターっぽく言っただけだよ。松本にもおいしいおやきはあるけど、長野県は広いから、文化圏もいろいろ分かれているでしょう？　いまは長野県全域の郷土料理として有名なおやきも、もともとは北信発祥の料理なわけで。だから、やっぱり、おやきは長野だね、になったの」

忠彦の転勤に伴って東京から松本に転勤したのが、今春。まだ半年しか暮らしていないが、それでも、長野県――信州が四つの地域――ブロックに分けられることくらいは知識として備わっている。

佐久市や上田《うえだ》市のある東信、善光寺平《だいら》と呼ばれる長野市を中心とした北信、松本市や木曽《きそ》地域を含む北アルプスに接した中信、諏訪《すわ》市や飯田《いいだ》市のある中央アルプスと南アルプスに挟まれた南信、その四つである。毎日、テレビや新聞では天気予報がその区分で報道されるし、地方新聞の訃報欄はブロックごとに分けられているし、それぞれのブロック版ではその地域にまつわるバラエティに富んだ話題が取り上げられている。

「じゃあ、真紀さんは、どっちがおいしいと思う？　長野のおやき？　それとも、松本のおやき？」

「どっちがおいしいとは一概に言えないかな。お店によって個性があるから。皮が厚かったり薄かったり、こんがり焼けていたり、ふかしたおまんじゅうのようだったり」

真紀は、優劣をつけたがるような晴香の問いかけに面食らった。この夏、松本市内の古本喫茶「想雲堂《そううんどう》」で初顔合わせしたときに、いきなり真紀をファーストネームで呼んだ晴香である。それ以来、互いに名前を呼び合っている。

ショートカットで小柄、日本人形を思わせる和風の顔立ちの晴香に対して、真紀は身長が百六十四センチと高めで、目鼻立ちもはっきりしている。こまめに美容院でカットしなくてもいいという理由で、髪の毛も肩まで伸ばして、ひと結びにしたり、クリップでとめたりしている。外見は対照的な二人の共通点を挙げるとすれば、推理小説が好きな点であり、それは夫婦共通の趣味でもある。

忠彦と賢人とは、一度だけ顔を合わせている。晴香の母親が埼玉から孫に会いに来たときに、晴香は娘を母親に預けて真紀夫婦を誘い、四人で松本市内の小料理屋で飲む機会を持った。会食の場に選んだのは、昔、映画館のある賑やかな界隈として有名だった上土通《あげつち》りにある小料理屋「秋山《あきやま》」。柿本直子《かきもとなおこ》が息子――といっても、彼女の実子ではなく、亡くなった夫と愛人のあいだに生まれた子供だったが――の裕次郎《ゆうじろう》と二人で営む店で、秋田と山口の郷土料理を中心に出す松本では一風変わった店である。店名も二人の出身地から採用した。柿本直子は、真紀が松本に来てはじめてできた年の離れた友達だった。

真紀と晴香は、「想雲堂」で会ったときから意気投合し、メールアドレスを教え合った。それから、待ち合わせしてお茶したり、求職中の真紀が晴香の子連れ散歩につき合ったりしている仲だ。

おやきを食べ終えると、「ねえ、観光客が行くようなところを回ろうよ」と言って、晴香が真紀の腕を引っ張った。

創業二百八十年と言われる七味唐辛子で有名な「八幡屋礒五郎《やわたやいそごろう》」に入り、真紀は麺類が好きな忠彦へのみやげに拉麺《ラーメン》七味と七味ガラム・マサラを買い、晴香は自分の好みの粉山椒《さんしょう》を買った。中央通りを下って交差点の角に、創業二百四十年という「酒饅頭《さかまんじゅう》本舗つるや」と看板とのれんのかかった白い建物を見つけるや否や、「ここに入ろう」とまた晴香に促された。真紀は忠彦へのみやげ用にひと箱買い、「おやきのあとは甘いものを食べよう」とはしゃぐ晴香のテンションに合わせて蒸し立ての酒饅頭を一つずつ買って、中央《ちゅうおう》通りをセントラルスクゥエア方面へと女子高生のように食べ歩きを楽しんだ。

「喉が渇いたね。どこか喫茶店に入って休もうか？　ゆっくりしたいのなら、駅まで行ってホテルのラウンジにする？」

そう提案した真紀に、

「せっかくだから、長野にしかない喫茶店に入ろうよ」

と、晴香は首を横に振って、蔦《つた》の絡まる昔ながらの喫茶店の趣《おもむき》の残る「三本《みつもと》コーヒーショップ」を休憩場所に選んだ。通りの角に「千石《せんごく》劇場」という名前の古めかしい映画館がある。

カラ元気を出している晴香の姿が、真紀の目には痛々しく、観光気分をとことん味わうことによって無理やりストレスを発散させているように映った。

5

「こういう喫茶店、いまは少なくなっているよね。スタバみたいなファストフード的なカフェが増えて」

オリジナルブレンドコーヒーを二つ注文すると、「三本コーヒーショップ」の店内を見渡して晴香が言った。

昔の二時間ドラマで、深刻な話題を切り出すときに使われたようなレトロな雰囲気の喫茶店。ウォールナットのテーブルと座面と背もたれがビロード張りの椅子。椅子の背もたれに施された英国風の装飾。オフホワイトのスタッコ調の漆喰《しっくい》の壁。山のような形をしたガラス窓とその窓を縁取る褐色の木枠。

「凝った造りの重厚感あふれる喫茶店だね。だけど、わたしはやっぱり、『まるも』の雰囲気のほうが好きかな。シックで落ち着いていて、街の風景に溶け込んでいて」

真紀も、店内を見回して感想を言った。「珈琲《コーヒー》 まるも」は、松本市の縄手《なわて》通り近く、女鳥羽《めとば》川沿いにある老舗《しにせ》の喫茶店で、四柱《よはしら》神社で出会った柿本直子に誘われて入ったのが最初だった。店内の調度品は松本民芸家具で統一されている。

「ふーん、そう」

晴香のそっけない態度が気になる。やはり、どこか不機嫌そうだ。夫婦ゲンカを引きずっているのは間違いない。

「そろそろ話してくれてもいいよね」

だから、こちらから水を向けた。「賢人さんとケンカしたんでしょう？　ケンカの原因は何？」

「さっきのそれよ」と、晴香。

「えっ？」

何かヒントを与えるようなことを口にしただろうか。

「マウンティング」

すると、晴香がようやく種明かしのように言った。

「マウンティングって、あれよね……」

その言葉は、真紀も知っている。最近、よく耳にする。「相手よりも自分が優位だと見せつけるような言動を指すんでしょう？　動物が自己の優位性を示すために、相手の身体にまたがることから発生した言葉だとか」

「そう」とうなずいてから、晴香は少し身を乗り出して続けた。「真紀さんは、ここより松本の『まるも』のほうが好きなんでしょう？　それで、長野の喫茶店にいながら、松本の喫茶店を引き合いに出した」

「別にこちらをけなしたわけじゃないよ。純粋に『まるも』の雰囲気が好きだから」

「そうかな。無意識に二つの街を比べて、優劣をつけているんじゃない？」

「それは、いま住んでいるところをひいきにする気持ちの表れじゃないかな。自分が住んでいる街を自慢するのは自然な感情だと思うけど。それに、長野のおやきのことはほめたでしょう？」

もっときつい言葉で言い返されるかと身構えたが、最後のくだりが効いたのか、晴香は窓外に目をやっている。そして、運ばれてきたコーヒーをひと口飲んでから視線を戻した。

「あのね、わたしと賢人が同じさいたま市出身なのは知ってるでしょう？」

晴香は、そこを糸口にして話を始めた。

「晴香さんは旧与野《よの》市、賢人さんは旧大宮《おおみや》市の出身だったよね？」

二人を知ることになったきっかけが、今春松本市内で開催された「移住希望者のための説明会」だった。真紀は松本のことをよく知りたいと思って参加した一人で、移住者としてその体験談を会場で語ったのが晴香である。夫婦の馴《な》れ初《そ》めや移住するに至った経過などを、緊張した様子もなく歯切れよく語ってくれた。

「その二つに浦和《うらわ》市も加わって、三市が合併して二〇〇一年に生まれたのがさいたま市。二〇〇五年には隣の岩槻《いわつき》市も加わって、二〇一八年には人口百三十万人の大都市になったのね。わたしが生まれ育った家は与野にあるんだけど、母の実家は浦和でね。わたしは、小さいころから母の実家によく遊びにいってて、友達もいっぱいいて、懐かしい思い出がたくさんある。それで、浦和の高校を選んで入ったんだよね。母の母校でもあったし。対して、賢人はずっと大宮で育って、高校も大宮。両親も大宮出身だから、根っからの大宮人だね」

話の流れから、どんな問題提起がされるのか、大体予想はできた。それで、なるべく余計なことは言わずに晴香の話に耳を傾けることにした。

「テレビのワイドショーを観てて、『関東圏で住みたい街』ランキングの話題が出たのが発端。住みたい街ランキングで大宮が三位になったの。そしたら、賢人がお昼寝中の琴音もビクッと身体を震わせるほどの大きな声で、『ほら、やっぱりな』って、嬉《うれ》しそうに言ったのね。『みんな、大宮のよさをわかっているんだな。東京のベッドタウンとして知られているし、大宮駅は新幹線の一大拠点。新幹線六つとＪＲ在来線七つが乗り入れていて、東日本の玄関口的な位置を占めている。ゆえに、埼玉県内では群を抜く経済都市、商業都市として栄えている』ってね」

そこで言葉を切って、晴香が口を尖《とが》らせた顔を向けてきたので、真紀は首をかしげる程度の反応を返した。

「群を抜く経済都市で商業都市って決めつけられたら、浦和好きなわたしとしてはおもしろくないでしょう？　対抗してこっちも浦和のよさを訴えたわけよ。浦和は昔から文教都市として有名で、教育熱心な人が多く住んでいる地域なのよ。大宮に比べて治安もいいしね。商業都市としてだって負けていない。浦和には高級ブランド店が入っている伊勢丹《いせたん》デパートもあれば、パルコもある。だけど、それを言ったら、『大宮は東口に髙島屋《たかしまや》があって、西口にはそごうもある。中央デパートとして知られていた建物がリニューアルされて、近代的な複合施設になったしな』なんて言い返されて。デパートが二つあるから大宮の勝ちみたいな言い方をするのって、ひどいと思わない?」

「そうだね」

相槌《あいづち》を打つだけにして、先を促す。

「そこまで言われたら、スポーツだって持ち出したくなるよね。ほら、サッカーは、断然、浦和レッズでしょう? 浦和はサッカーの街でもあって、JR浦和駅を出たらサッカーボールのオブジェが飾られていて、駅ビルにサッカーストリートもオフィシャルショップもある。それに、埼玉スタジアムはアジア最大級のスタジアムで、六万三千人も収容できて、ワールドカップ日本代表戦の試合も行われるんだから」

「大宮のサッカークラブって……」

真紀もあまりサッカーにくわしいほうではないが、やはり話の流れから次のターゲットが想像できた。

「大宮人の賢人は、当然、大宮アルディージャのサポーター。強さでは現時点でレッズにはかなわないから、スタジアムの立地のよさを強調して、自慢するんだよ。ＪＲ大宮駅から歩いて十分もかからない、ってね。氷川《ひかわ》神社の参道を歩くのが心地よい散歩になって、神社で必勝祈願もできるぞ、なんて言ってね」

「サッカーは確かに、浦和レッズのほうが強いよね」

なるべく中立的な立場をとるつもりで、正論をぶつけてみる。

「でしょう？」

自慢げな表情で受けて、晴香は憤然として言葉を紡《つむ》ぐ。「合併してさいたま市になったとはいえ、埼玉県の県庁はもともと浦和市にあったわけよ。だから、行政の中枢機能も浦和に置かれたままで、さいたま市になっても、旧浦和市役所が使われていたの。それが、合併協議の末に新しい市役所をさいたま新都心駅の周辺に移すことが決まって、移転場所の住所表記が大宮区になりそうで。それで、賢人が『新しいさいたま市役所は大宮区だから、最終的には大宮の勝ち』みたいなことを言って」

「賢人さんが『最終的には大宮の勝ち』って言ったの？」

彼の穏やかで大人な性格からして、そんな発言はしないだろうと思って聞いた。

「そうは言わなかったけど、言いたげな顔はしていたよね。その上、『大体、車のナンバープレートはさいたま市は『大宮』で、浦和ナンバーなんか最初からなかったわけだし』

って、これまたドヤ顔で言ったの。それで、わたしもマジ切れしちゃってね」

「長野にプチ家出する気になって、わたしをつき合わせたってわけね？」

ケンカの経緯《いきさつ》を聞いて真紀がそうまとめると、怒りが鎮まったのか、晴香は「そういうことだね」と言って笑った。

「浦和と大宮のマウンティングごっこか」

真紀も笑って、ため息をついた。「街同士のマウントの取り合いって、日本全国、各地であるんだろうね。長野と松本もいろいろ衝突し合うみたいだし」

「ああ、わたしもたまに耳にする。所詮、よそ者だからよくわからないけどね」

と、晴香も受けてため息をついた。

「駅でおみやげ、買おうかな。琴音と……賢人に」

真紀に心のうちを吐き出して気分がすっきりしたのか、晴香の顔に明るさが戻った。

レジで会計し終えたとき、ガラス扉の横の壁に貼られたチラシに先に気づいたのは、猫好きで猫を飼っている晴香だった。

彼女が松本への移住を決めた理由が、まさに猫で、都内で行方不明になった飼い猫が松本市内で保護されたというニュースを知り、その謎を夫婦で解明したいという欲求に駆られたからである。推理小説好きな夫婦らしい理由だ。

――期間限定で里親募集。飼い主さんが入院中の里親をお願いします。

とあり、身体を斜めにして顔だけ正面に向けた猫の写真の下に動物保護団体の連絡先が書いてある。

背中から尻尾《しっぽ》にかけて黒くて、足と腹の部分から顔にかけて白い。顔の毛の色は、額から鼻筋を境にして八の字を書いたように、見事にシンメトリーに分かれている。目のまわりが黒くて口と鼻のまわりが白い。黒と白のコントラストが美しい気品のある猫だ。

「これって、いわゆるハチワレの黒ブチ猫ね」

まさにその猫の特徴をつかんだ命名で晴香が言い、不意に何か思いついたように顔をこちらに振り向けた。「この猫、飼ってみたら？　お試し期間にちょうどいいんじゃない？　慣れたら、本格的に保護猫を引き取ればいいんだし。真紀さんも忠彦さんも、猫を飼いたがっていたでしょう？」

「えっ？　ああ、そうね……。でも、いきなり言われても……」

うろたえながらも写真のハチワレの黒ブチ猫を見つめると、アーモンド形の緑色の目がまっすぐに真紀を見返してきた。その瞬間、真紀は、この猫の里親になることをほぼ決めていた。

第三章　対立する二つの街と里親

1

「長野の猫が松本にお引っ越し、か」

晩ご飯のあとのデザートとしての善光寺みやげの酒饅頭をパクつきながら、忠彦が言った。

「一つだけにしておいてね」

忠彦が二つ目に手を伸ばしかけたので、真紀は箱を自分のほうへ引き寄せた。

お酒も好きなら甘いものも好きな忠彦である。職場の環境が変わったというのに、ストレスにもならずに食欲も増す一方で、松本に来てから体重は三キロ増えた。本人は「水と空気がうまいせいだ」と、水と空気と、「それから山賊《さんぞく》焼きもうますぎて」と、当地名物の山賊焼きのせいにしている。

「まだ、お引っ越しと決まったわけじゃないけど……」

真紀が口ごもると、

「ぼくは里親になってあげてもいいけどね。なかなか引き取り手がいないんだろう？」

と、忠彦が下げられた饅頭の箱を恨めしそうに見ながら言う。

「まあ、そうだけど……」

真紀は、迷っていた。住んでいる城西《じょうせい》のアパートは、松本城の西側にあり、ペット不可の物件ではない。生まれ育った奈良の実家では猫を飼っていたという猫好きの忠彦が、最初から希望を出して、会社にペット可の物件を探してもらったのである。

里親募集のチラシの写真を撮ったあと、真紀は、店を出るなり「千石劇場」の前で動物保護団体に問い合わせてみた。

電話口に出た女性の応対は、こちらが恐縮するほどていねいだった。

「もう里親は決まったでしょうか」と切り出すと、「それが、まだなんです。やはり、期間限定というか、飼い主さんの体調が回復するまで、というのがネックでして。なかなかみなさん、踏みきれないご様子で……」

チラシの最後には「飼い主さんが退院し、体調が回復するまでのあいだの里親をお願いします」とあり、具体的な病名や病状などには触れられていない。

「しかも」

と、電話口の女性は言いよどんだ。「要面接という条件に、みなさん腰が引けてしまうみたいでして」

それはそうだろう、と真紀は思った。チラシの最後に添えられた「飼い主さんが面接を希望しています」という一文に、確かにためらいを覚えてしまう。入院中の飼い主と面接し、飼い主に気に入られなければ里親になれないのであれば、長野まで出向いても徒労に終わることになる。

「少し考えてみます」

そう告げて、電話を切ったのだったが……。

「もう決まっちゃったかもしれないけどね」

迷いを吹っきるためにそう口にしたら、

「いや、まだ決まっていないね」

忠彦は、自信ありげにかぶりを振った。「面接には二種類あるはずだよ。飼い主と動物保護団体。両者のお眼鏡《めがね》にかなわないかぎり、黒ブチ猫は引き取れない。保護猫の引き取り希望者が現れたら、その人物が本当に最後まで愛情を持って猫の世話ができる人間かどうか、スタッフが見極めるのが一般的だ。年齢、職業、後見人の有無、生活環境などを調査したり、聞き出したりしてね。もちろん、人柄も重要なファクターだよ。二重の面接となると、腰が引けて当然だ。ハードルが高くて、なかなか面接まで進む人が現れないのだろう」

「そうね。それに、何といっても預かる期間がわからないのがネックだよね」

忠彦の言葉を受けて、真紀もうなずいた。

「入院が長期になるのかどうかもわからないし。退院してからリハビリが必要な種類の病気だとしたら、さらに長期になるかもしれないけど、預かって慣れたころに『はい、返してください』じゃあね。それだったら、はじめから別の保護猫を引き取ったほうがいい。そう考える人は少なくないかもね。で、この飼い主さんはどんな病気だと思う？」

ミステリー小説が好きな忠彦は、推理力も抜群だ。その推理力を試す目的で問うてみた。

「そうだなあ」

忠彦は、真紀がいれた緑茶で酒饅頭を食べたあとの口の中を清めるようにしてから、視線を宙に泳がせると、「たぶん、骨折でもしたんだろう。部位は……足だね」と、いともあっさりと断言した。

「足の骨折？　そう判断する根拠は？」

「飼い主は、面接を望んでいるんだろう？　頭はしっかりしているということだよ。少なくとも、脳出血や脳梗塞などを起こして入院したとは思えない。意識がはっきりしているからこそ、動物保護団体のスタッフとも意思の疎通ができている。もっとも、脳出血などを起こしても、症状が軽いケースもある。手術なしに退院して、訪問看護や介護を受けながら自宅で猫と暮らし続けるケースも。しかし、ある程度まとまった日数の入院が見込まれているから、飼い猫の里親募集のチラシを作ることにしたに違いない。意識がはっきりしていて、治る見込みがあって、まとまった日数の入院となると、内臓の手術などではなく、消去法で考えて残るのは骨折だね。人間は、加齢とともに筋力が低下して転倒しやすくなるし、骨も脆《もろ》くなって折れやすくなり、また治りも遅くなる。とくに女性の場合はね。骨折した部位によっては、入院日数も退院後のリハビリも長引くことになる」

「飼い主は高齢の女性。そう決めつけて話しているみたいだけど」

真紀が、忠彦が推察した内容から飼い主の人物像を思い浮かべて言うと、

「うん、高齢の女性だよ」

忠彦は、今度も自信たっぷりに言い切り、しかも「一人暮らしの」とつけ加えた。

「わたしも直感で、飼い主は一人暮らしの女性かな、って思ったけどね」

だが、あくまでも直感で、根拠はない。そこで、「根拠は？」と、忠彦に聞いた。

「確率の問題だね。六十五歳以上の前期高齢者の数だけで言えば、女性のほうが多いんだ。人口性比で表すと、女性百に対して男性は七十六、七という数値になる。出産する女性は骨粗しょう症になりやすいから、骨折者も女性のほうが圧倒的に多い。大体、男性の三倍くらいの割合だよ」

「へーえ、そうなの」

製薬会社に勤務しているだけあって、忠彦は医療関係の情報に強い。家でとっている地方紙のほかに職場で医療新聞や経済新聞も読んでいるので、最新の情報を入手しやすいのだ。そして、数字にも強ければ、記憶力もいいときている。

「一人暮らしらしい、ってことはわたしにもわかるよ。一人暮らしで、入院したら猫の世話ができなくなる。それで、動物保護団体にお願いしたんでしょう？　だけど、身寄りのある一人暮らしって場合もあるよね。身寄りがあるのなら、猫を預かってもらってもいいわけだけど」

「身寄りがあっても、住居の都合で猫を引き取れないとか、単純に猫が嫌いとか、動物保護団体に託すケースはあるだろう」

「たとえば、この飼い主さんが八十歳の女性で、夫を亡くしていて、現在は一人暮らしで、子供はいても同居せずに遠くで暮らしていて、母親が入院しても子供は猫を引き取れないというケースだったら……」

真紀もミステリー小説は大好きである。自分なりの推理を展開させ始めると、

「この飼い主さんには、もっとほかに特別な事情がある気がする」

と、腕組みをした忠彦がむずかしい顔をして言った。

「特別な事情？」

「特別な」というミステリアスな言葉の響きに、真紀の胸は脈打った。

「飼い猫の写真は載せているのに、その猫に関する具体的な情報が一つもない。おかしいと思わないか？」

「そうねえ。飼い主が一人暮らしの女性だとすれば、個人情報保護の観点から、飼い主が特定されないように彼女の名前や年齢や病名を伏せるのは理解できるけど、飼い猫の名前や年齢、オス猫かメス猫かの情報まで隠すのはおかしいよね」

「もっとおかしいことがある」

忠彦は、乾いた唇を緑茶で湿らせてから、よどみない口調で抱いている疑問に言及した。

「骨折して入院した飼い主は、飼い猫をなぜ動物保護団体に全面的に託さなかったのか。動物保護団体でも一時預かりするところはあるはずなのに。なぜ、入院中の身で、自分が面会して里親を決めたいなんて申し出たんだろう」

「だから、もっとほかに特別な事情がある気がする、って言ったの？」

真紀の好奇心が掻《か》き立てられた。

「飼い猫に対する特別な思い入れがあるような気がするんだな。誰にとっても飼い猫は愛《いと》しくて大切な存在かもしれないけど、何か因縁のある猫なのかもしれない。自分も高齢で、今後、怪我をしたり病気になったりして、また入院する可能性を考えて、そのときのために、自分にかわって永遠に愛情を注いでくれる存在になりうる人間を自分の目で選びたい。そう思っているんじゃないのかな」

「それじゃ、期間限定の里親じゃなくて、永遠の飼い主になれる可能性もあるってこと？」

「うん。それだけに、慎重になっていると思われるね」

「飼い猫に対する特別な思い入れというのは？」

「それは……本人に会って聞いてみないとわからないな」

軽く首を振って、忠彦は言葉を継ぐ。「さっき真紀が言ったことも気になるね。飼い猫の名前から飼い主が特定されるのを恐れて、猫の名前はあえて伏せたのかもしれない。よっぽど珍しい名前なのか。その名前を出しただけで飼い主が特定されるとか。だけど、年齢や性別まで明かさないのには、ほかの理由がある気がする。何か事情があって、飼い主が情報公開に慎重になっているというか……。里親募集の背景に、何かしら事件の匂いがするんだよな」

「事件の匂い？」

推理小説が好きなだけに、事件という言葉にも敏感な真紀である。

「飼い主に会ってみたくなっただろう？」

忠彦が言って、ニヤッと笑った。

真紀の中で、飼い主と面接したい気持ちが膨れ上がっていた。

2

長野市内の総合病院に足を踏み入れたのもはじめてなら、整形外科病棟に入ったのもはじめてだった。

健康そのもので、大きな病院とは縁がないままにきた真紀である。明るくてきれいな院内に感心しながら、待合室の広いスペースに並べられたイエロー、オレンジ、グリーンと色とりどりの椅子を眺めてから、廊下に貼られた道案内の矢印テープに沿ってエレベーターまで行き、整形外科病棟のフロアまでたどり着いた。

そこで、忠彦の言っていたことが真実だったのを知った。廊下ですれ違う入院患者——車椅子に乗っていたり、杖をついて歩行していたり——のほとんどが高齢の女性なのだ。六十代から八十代、いや九十代だろうか。あまり視線を向けても失礼だろうと目をそらしつつ、待ち合わせ場所として指定された談話室に向かう。

透明なパネルと観葉植物の鉢で仕切られ、オレンジ色の椅子とテーブルがいくつか設置された清潔感あふれる空間だ。面会の時間帯のピークを過ぎたのか、誰もいない。自動販売機のほかにウォーターサーバーが設置されている。九月だというのに汗ばむ陽気の中を、長野駅から十分ほど歩いてきたので、喉がひどく渇いていた。

窓際の椅子に座り、紙コップでウォーターサーバーの水を飲んでいたら、車椅子に乗った女性患者が四十代半ばくらいの女性に押されて近づいてきた。

ハッとして立ち上がる。これから面接が始まると思うと、水を飲んだばかりだというのに、緊張で喉がヒリヒリした。

「清水真紀さんですね？」

そう確認したのは、車椅子の後ろに立った女性——動物保護団体のスタッフの芦辺《あしべ》だった。「やっぱり、面接をお願いします」と、真紀が電話で伝えたときに応対してくれた女性で、彼女とも今日が初対面である。電話では飼い主の情報は何も教えてくれず、「先方の希望で、お会いしてからお伝えします」と言われていた。
「こちら、長野市にお住まいの片瀬さん。チラシにあった黒ブチ猫の飼い主の方です」
芦辺が真紀に飼い主を紹介したあと、「清水真紀です。わたしは松本から来ました」と、
真紀は簡単に自己紹介した。真紀の情報は、聞かれるままに電話で芦辺に伝えたから、彼
女から飼い主には伝わっているはずだ。
「片瀬敏子です。松本からわざわざいらしてくださるなんて、お疲れになったでしょう?
ありがとうございます」
着物のような身頃のモスグリーンの検査着をつけた片瀬敏子は、丁重に頭を下げた。車
椅子に乗っているのだから、歩行が困難なのだろうが、ピンク色の膝掛けで隠れていて下
半身や足元は見えない。
芦辺がテーブルの前の椅子をどけて、真紀の正面になるように片瀬敏子の乗った車椅子
を据え置いた。
「清水……真紀さんでいいかしら。真紀さんは、ご主人と二人暮らしとうかがったけど、
猫を飼ったことはあるの?」
片瀬敏子は、親しげに下の名前で呼んで、早速本題に入った。
七十歳前後だろうか。予想していたよりも若々しく見える女性で、敬語抜きの口調でも

馴れ馴れしい感じは受けない。面接に際して身なりを整えてきたのかもしれないが、入院中なのに髪の毛もきれいに梳《と》かされており、うっすらと化粧もしている。色白の肌にほんのり差した頬紅が映える。

「いえ、わたしはありません。でも、夫が猫好きで、奈良の実家では猫のいない生活は考えられなかったと言っています。大学に入るために東京で一人暮らしを始めてからは、猫とは縁がなくなりましたけど」

そう答えてから、何か言い忘れたことに気づき、「飼ったことはなくても、わたしも猫は好きです」と、あわてて言い添えた。そう、好きだから里親募集に応じたのだ。しかし、それだけではなくて、「謎」に惹《ひ》かれたという理由もあったのだが……。

「あの、こうして面接されるのは、わたしがはじめてですか？」

質問が続く前に、こちらから聞きたいことを聞いておきたかった。

「面接予定の方は一人いたけど」

と、片瀬敏子は、隣に座った芦辺と顔を見合わせてから、そう答えた。「ここの病院の看護師さんのお友達が猫を飼ってみたいと言って。だけど、ほかの猫を引き取ることになって、結局会わずじまいでね」

それでは、自分が面接第一号なのだ。真紀は、二人の面接官を前にしてプレッシャーに押し潰されそうになり、そっとため息をついた。二人のお眼鏡にかなわなければ、黒ブチ猫の里親にはなれない。忠彦は、里親になる気満々なのに。

「真紀さんは、どうしてうちの猫の里親になりたいと思ったの？　期間がどれくらいになるかもわからないのに。不安に思うことはない？」

やはり、質問攻撃が始まった。片瀬敏子は、飼い猫を「うちの猫」と言い、名前を明かそうとはしない。

「チラシの写真を見て、とてもかわいくて気品のある猫だと思いました。そのとき、一緒にいた友達に勧められたんです」

それで、正直に答えることにした。「この春、夫の転勤で東京から松本に引っ越してきて、わたしは友達ができるかどうか不安でした。松本のこともあまりよく知らなかったし。そんなときにできた友達が猫を飼い始めたら、猫に癒されたのか、精神的にも落ち着いたのを間近で見たんです。彼女もまた、東京から松本に夫婦で転居した移住者の先輩でした。その彼女が、本格的に猫を飼う前に、猫の里親から始めてみたらどうか、と勧めてくれたんです」

「そうなの。真紀さん夫婦もそのお友達夫婦も、東京から松本に移住されたのね」

何度かうなずいたあと、「わたしも同じ」と、顔色を明るくして片瀬敏子は言った。

「片瀬さんもこちらに移住されたんですか？」

「ああ、いえ、ちょっと違うわね。わたしは亡くなった主人と結婚して、東京から長野に引っ越してきたの。主人は長野の人で、わたしは東京出身なのよ」

「そうなんですか」

東京出身で長野に住んでいる片瀬敏子と、横浜出身で松本に住んでいる自分。車椅子の彼女と自分との心の距離が少し縮まった気がした。

「そのお友達もご主人の転勤で松本に？」

片瀬敏子の興味が、彼女と同じように猫を飼っている真紀の友達に移ったからには、この話をしないわけにはいかない。そこで真紀は、「いえ、彼女たちは、リモートワークが可能な仕事をしていたこともあり、都会を離れて田舎《いなか》への移住を考えていたんです。松本への移住のきっかけとなったのが、まさに猫でした」とその話題を切り出し、思わせぶりに言葉を切った。

「猫がきっかけって、どういう意味？」

思ったとおり、片瀬敏子は、俄然、興味を示してきた。

「東京の赤羽《あかばね》で行方不明になったある女性の飼い猫が、三か月後に松本で保護されたことがあったんです。二百三十キロも離れた松本までどうやって来たのか。そのニュースを聞いた友達夫婦は、その謎を解明したくて松本への移住を決めたと言います。猫も呼び寄せるほど魅力的な街としての松本に」

「その話、知ってるわ」

と、片瀬敏子が顔を上気させて言い、「ねえ、芦辺さん」と、隣へ視線を流した。

「ええ、もちろん、知ってます。ずいぶんまわりで話題になりましたから」

芦辺も驚きを隠せないというふうに目を見開き、勢い込んで言葉を紡いだ。「なぜ、松本へ? 長野に来てくれたらよかったのに。そう言った人もいました。確か、松本市内の薬局の女性が自宅の庭にいたのを保護したのでしたよね? 飼い主がSNSを通じて呼びかけたのを、偶然、家族が見つけて連絡して。飼い主の女性と薬局の女性、二人が対面した記事を何かの新聞で読んだ記憶があります」

「それで、なぜ、東京の猫が松本で保護されたのか。その謎は解明できたの?」

待ちきれないというように、車椅子から上半身を乗り出すようにして聞いたのは、片瀬敏子だった。

「はい」

と、誇らしい気持ちとともに真紀は答えた。「謎を解明したのは、最終的にはわたしたち夫婦でした」

「真紀さんとご主人が？」

息を呑んだような表情になり、片瀬敏子は芦辺と顔を見合わせた。そして、視線を真紀に戻すと、「どうして？　三か月かけて、猫が東京から松本まで歩いてきたの？　猫ってそんなに長い距離を移動できるものなの？　どうやって、あなたたちは真相にたどり着いたの？」と、眉をひそめて質問をたたみかけた。

「それは……すみません。お話しできません。人間関係が複雑に絡み合い、個人の尊厳にもかかわることなので」

真紀も、今度も思わせぶりに眉をひそめて返した。片瀬敏子が飼い猫の情報を隠すのであれば、こちらも簡単に情報提供はできない。

「真紀さんに里親をお願いするわ」

唐突に、片瀬敏子がポンとボールを放り投げるように言った。そして、芦辺に「そういうことで、お願いします」と短く告げた。

芦辺は、「わかりました。では」と席を立つと、真紀に会釈をしてその場から立ち去った。

どうやら、面接には合格したらしい。ホッとした真紀は、肩の力を抜いた。

3

「家の中で転んで、右足の大腿骨《だいたいこつ》を骨折したのよ」

二人きりになると、片瀬敏子は膝掛けを指さして、まずは自分の怪我の状態から説明を始めた。

「まさか、家の中で転ぶとは、我ながら呆《あき》れたわ。ちょっとした油断が命取りというか……」

「命取り」という言葉の重さを嚙み締めるように、片瀬敏子はそこで言葉を切る。

「片瀬さんは、お一人で生活されているのですか？」

「ええ」

「飼い猫を動物保護団体にお願いされたのは、その……」

「一人娘が家族で千葉に住んでいるのだけど、娘と孫に猫アレルギーがあって預けられなくてね」

そういう事情があったのか、と合点がいった。やはり、身内がいないわけではなかったのだ。

「もともとうちの猫は、わたしの友達が飼っていてね。彼女もわたしと同じように夫を亡くして、子供たちも独立して、一人暮らしだったの。七十歳になったのを機に保護猫を飼うことにしたんだけど、長年保健師をしてきてしっかりした女性とはいえ、年齢が年齢でしょう？　引き取るにあたっては、少しばかりうそもついたわ。自分に万が一のことがあったときは、息子や娘に託すことになっているから、ってね。彼女が亡くなってしまって、生前の約束もあってわたしが引き取ることになったの。ニシンが彼女のもとに来たのが子猫のときで、飼い始めて一年ちょっとだったわ」

片瀬敏子は淡々と説明したが、真紀が引っかかったのは、飼い猫の名前だった。

――ニシン？

訝しげな表情に気づかれたらしく、「名前が気になる？」と、片瀬敏子に聞かれた。

「ああ、はい」

「長野市にゆかりのある名前から採ったのよ。川中島の古戦場って知ってる？」

「はい。上杉謙信と武田信玄が合戦したところですよね？」

日本の歴史にくわしい忠彦は、休みになると長野県の地図を広げては、「今度ここに行ってみよう」と真紀を誘う。武将の中では真田幸村《さなだゆきむら》が一番好きだと言い、上田《うえだ》にはレンタカーを借りて歴史散策に行ったことがある。川中島の古戦場も行ってみたい場所の一つに入っていた。

「よくご存じね。ニシンの名前は、そこから採ったのよ」

「うえすぎけんしん、たけだしんげん……どちらにも『しん』が入っていて、それで？」

「そのとおり。『しん』が二つで『ニシン』。おかしいでしょう？」

「ユニークでいい名前だと思います」

よっぽど珍しい名前なのか、という忠彦の推測はあたっていたわけだ。

真紀は、改めて夫の推理力に感服した。飼い主である片瀬敏子は、一人暮らしの高齢女性、足を骨折して入院、という人物像も状況も見事に言いあてた。

「名づけ親はわたしじゃなくて、亡くなったお友達だけどね。たった一人の同い年の友達だったの」

片瀬敏子は、寂しそうな表情になった。

「そのお友達は……」

ご病気で亡くなったのですか？　と続けようとしたのを、

「自分では若いつもりでいたけど、こんなにも骨が脆くなっていたなんてね。若い人だったらとっくに退院して、リハビリに特化したところに転院したり、自宅から通院したりしているのに、七十一のわたしは、手術するまでにも若い人より余計に時間がかかり、手術してからもまた時間がかかって……。骨折した箇所が悪かったせいもあるみたいだけど」

口元に自虐的な笑みを浮かべた片瀬敏子の言葉に遮られた。

「何であんなバカなことをしたのか、まったく愚かしい……」

「バカなことって？」

バカなこと、愚かしい、という言葉に引っかかりを覚えて聞き返すと、

「あら、そんなことはどうでもいいの」

片瀬敏子は、両手は怪我してないのよ、と言いたげに大仰なほど両手を振ってみせて、言葉を続けた。「そんなことより、真紀さんの話を聞きたいわ。なぜ、東京でいなくなった猫が松本で保護されたのか。あなたが突きとめたという真相をぜひ聞かせて。ニシンの里親になっていただくことを決めたのだから、わたしはあなたに心を許したのも同然でしょう？」

「ああ……はい」

承諾したものの、どこからどう話せばいいのかわからない。「わたしたち夫婦も、さっき話した移住の先輩夫婦も、ともに推理小説を読むのが趣味で、謎解きが大好きなんです」と、ふた組の夫婦の共通点を伝えることから始めた。そう前置きしておけば、お節介な性格や物事に首を突っ込みたくなる性分も、好奇心旺盛ゆえと受け取られて、大目に見

てもらえるだろうと思った。

　固有名詞を出さずに、保護した女性に接触して飼い主と連絡を取ってもらったこと、東京まで出向いて猫がいなくなった家の周辺を歩いて推理を巡らせたこと、飼い主の女性とも会って、自分なりの疑問をぶつけたこと、彼女から聞き出した話の中で気になった点、おもに彼女の交友関係を中心に独自に探ったこと、そこから複雑な人間関係があぶり出されて、猫の誘拐にまで至るという歪んだ人間心理に行き着いたことなどを語った。そして、謎の解明に至るまでには、夫である忠彦の力に頼った部分が大きかったことも忘れずにつけ加えた。

「そうだったの」

　片瀬敏子は、いままで呼吸するのも忘れて夢中で聞き入っていたというふうに、大きく息を吐いて言った。「人間って、誰でも二面性を持っているのよね。人を愛したり、慈《いつく》しんだり、敬ったりする一方で、憎んだり、恨んだり、妬《ねた》んだり……。本を読んでいると、心揺さぶられたり、心震えたり、いろんな感情と出会えるわ。ああ……わたしも趣味は読書でね。図書館が近くにあって、よく本を借りて家で読んでいるの。一人だし、時間はたっぷりあるから。一番好きなのは、笑われるかもしれないけど、恋愛小説ね。村上春樹《むらかみはるき》とか江國香織《えくにかおり》とか、若い作家では加藤《かとう》シゲアキが好き。推理小説も映画になったものは読んだりするわ」

読書が趣味という共通点を知り、片瀬敏子との心の距離がいっそう縮まった。

「真紀さん、あなたでよかったわ」

心からホッとしたように言った片瀬敏子の目元は、柔らかくほぐれていた。そして、しばらく黙って真紀を見つめたあと、表情を厳しいものに変化させて口を開いた。「真紀さんが大事な秘密を話してくれたのだから、わたしも話すわね。ニシンは、特別な猫なのよ」

「特別な猫？」

どういう意味だろう。忠彦が言った「特別な事情」という言葉が思い起こされた。

「ニシンは、殺人事件の現場にいて、犯人を見ているの。唯一の目撃者がニシンなの」

真紀の胸の動悸が激しくなった。殺人事件？　犯人？　目撃者？

「殺されたのは、ニシンの飼い主だったわたしの友達、宮田文枝さんよ」

顔色を変えた真紀を見て、片瀬敏子が言った。

「その事件って、まさか……」

長野市の民家で一人暮らしの七十代の女性が殺害された事件が、めくった記憶の襞《ひだ》から現れた。首を絞められて殺害されたのではなかったか。容疑者逮捕に至り、事件が解決したというニュースはまだ流れてこない。

「彼女は、桃畑の広がるのどかな一帯の戸建てに住んでいて、夏の終わりの晴れた日の夕方、鍵がかかっていない玄関から侵入した何者かに殺されたの。警察は強盗の犯行と見ているわ。変わり果てた姿の文枝さんを見つけたのは、わたしだった。丸一日連絡がつかなくて、胸騒ぎがして、電車に乗って行ってみたら……」

そのときの光景を思い出したのか、片瀬敏子は、ぎゅっと目をつぶった。

――彼女が第一発見者になったのか。

思いもよらない展開に、真紀は呆然《ぼうぜん》としていた。「里親募集の背景に、何かしら事件の匂いがする」と言ったのは忠彦だが、まさにそのとおりの展開になったわけだ。

「片瀬さんは、遺体の第一発見者として、警察の事情聴取を受けたんですね？」

呆然としながらも、好奇心が頭をもたげてくる。事件を推理する方向へと思考回路が働き始める。

「ええ。指紋を採られたり、同じことを何度も聞かれたり。その過程でわかったこともあった。警察やマスコミは、情報をすべて公開するわけではないということ。たとえば、わたしは文枝さんから自宅にいつも現金の入った封筒を置いていることを聞いていて、金額も大体知っていたの。その封筒がなくなっていたから強盗殺人として報道されたわけだけど、金額や置いてあった場所などには触れられていない。交友関係についても、わたしの知っているかぎりの情報は伝えたわ。でも、それも一切報道されていないし」

「それは、犯人しか知りえない情報としてあえて発表しない場合もあれば、交友関係については捜査中でもあって、警察は慎重になっているのかもしれません」

「そうよね」

そんなことはわたしもわかっていたわ、というふうに微笑んで、「それでね」と、片瀬敏子は肩をすくめた。何かまずいことでも告白するときのばつの悪そうな表情に見えて、真紀は〈あれ？〉と身構えた。

「不思議なもので、こんなふうに足を骨折して動けなくなって、家以外の場所でベッドに寝ているしかなくなったら、潜在意識が浮上してきたというか……」

「事件に関して、新たに思い出したことがあるという意味ですか？　それは、よくあることだと思います」

片瀬敏子が言いにくそうに言葉をとぎらせたので、真紀は助け舟を出した。

「そうね、推理小説を読んでいても、よくあるわよね。ミステリーのドラマを観ていても、後日、刑事に聞かれて、『そう言えば』って事件の手がかりを思い出す人はいるわ」

片瀬敏子は、自分の胸に言い聞かせるようにしてからその先を続けた。「まだ七十ちょっとなのに、自分の息子ほどの年齢の刑事に年寄り扱いされたのが癪《しゃく》に障ってね。認知機能が低下しているんじゃないか、記憶があやふやなんじゃないか、なんて疑われているのがわかって、頑《かたく》なになったというか」

「失礼ですよね」

世代は違っても、同性として真紀も腹が立った。

「ニシンはその場にいたんだから、ニシンが犯人を見てるはずだ、って刑事に訴えたら、『猫から事情聴取はできませんよ』とか、『猫は人間の言葉をしゃべりませんからね』なんて小バカにしたような態度で言い返されたのよ。それはそうかもしれないけど、共感を示して、『そうですね』のひとことくらいあってもいいでしょう？　この刑事、年寄りに冷たいと思ったの。だから、わたし……」

そこで、ハッと胸をつかれた表情になり、片瀬敏子は言いよどんだ。そして、意を決したように胸を張ると、話を続けた。「家の中で転倒して足を骨折しちゃったんだから、刑事は余計にわたしを年寄り扱いするでしょう？　それで、この話、警察には伝えないと決めたの。あれは遺体を発見する二日前だったか、文枝さんは電話でわたしにこう言ったの。『近所でおもしろい自転車を見かけたの。いまどきアイスキャンディー売りなんて来るかしら』ってね。自転車で転んで怪我をした、同世代の知人の話題が出たときだったわ。お互い、怪我には気をつけないとね、なんて言い合って……。ニシンがお皿をひっくり返したみたいで、電話はそこで終わって、自転車の件はそのままになってしまったけど。いまになって何だか気になって。事件に関係あるかどうかはわからないけどね。真紀さん、あなたにだけは教えることにしたの。推理力抜群というご主人の力を借りて、二人で事件を推理してみてくれない？　誰が文枝さんを殺したのか。なぜ殺したのか。文枝さんがかわいがっていたニシンのためにも、彼女の仇《かたき》をとってほしいの」

「あ……はい」

真紀は、素人のわたしたちにそこまではできない、と思いながらも、気がついたら簡単に請け合っていた。

第四章　尋ねまほしき園原《そのはら》やと県境

1

八区画売り出されたうちの一番人気の南東の区画を購入し、そこにクリーム色の外壁の二階建ての家を建てたとき、瀬戸容子《せとようこ》の未来は明るく輝いていた。住む場所も、家の間取りも、ほぼ容子の希望が叶《かな》った形だった。

埼玉県加須《かぞ》市で公務員の父と専業主婦の母のもとに生まれた容子は、優等生の姉と運動神経抜群の弟に挟まれて、成績も普通なら目立たないおとなしい子として育った。姉は県内の大学を出て父親と同じ公務員になり、体育大学を出た弟は体育の教師となって、県内の中学校に赴任した。

自宅から通える県内の短大を出た容子は、幼稚園教諭の資格を取った。親の希望どおりに実家から通える幼稚園に勤務して四年目に、地域のイベントで栃木《とちぎ》市出身の男性と知り合い、交際をスタートさせた。

容子の実家のある地区は、埼玉県と栃木県と群馬県の三県が交わる地点があることで有名で、「三県境を広める会」を周辺の若者が中心になって企画し、そのスタッフの一人が地元の建設会社に勤務する容子の交際相手だった。三県の県境が平地にあり、県境を数歩で越えて他県と行き来できる立地は珍しいという。

栃木市内のアパートで新婚生活が始まった。結婚した翌年に生まれた長男が二歳半になったときに、マイホームを持とうと夫婦で決めて、土地探しを始めた。

容子は、子育てに協力してもらえることから埼玉県内の実家近くがいいと言い、夫は職場に近い栃木県内の自分の実家近くがいいと言い、折衷案として「それじゃ、群馬県内は？　県境近くだったら、どっちの実家からも近いわけだし」と提案したところ、ちょうど具合のいい場所に住宅分譲地が見つかったという次第だった。

マイホームを建てた直後に次男が生まれ、家族四人。夫は職場まで車で通勤し、容子も中古の軽自動車を買って一人で実家に、ときには家族で互いの実家に帰省する生活を続けてきた。

多少の建築時期のずれはあったものの、同時期に売り出された住宅分譲地はすべて埋まり、似たような外観の戸建て住宅が並んでいる。二台駐車できるスペースのカーポートを設けるのも同じ。同一分譲地の同程度の広さの敷地を選んで、似たような造りの家を建てるくらいだから、どこの家庭の家族構成も経済状況もやはり似たようなものである。突出して裕福な暮らし向きの家があるわけでもなく、とくに困窮した家があるわけでもない。人間関係は良好で、つかず離れずの円満なご近所づき合いを続けてきた。

そんな地に住んで十年。子供たちも中学二年生と小学四年生になり、長男の中学入学を機に始めた隣町の幼稚園でのパートの仕事も順調だ。夫の勤務先は地元に根ざした会社なので、転勤の心配もない。

よい環境に恵まれたと、天に感謝しながら過ごしていたのだった……。

一人の女性が近所に引っ越してくるまでは。

彼女——大山《おおやま》さんは、分譲地に越してきたのではなかった。そこより道路一つ隔てて西側の昔からある住宅街の一軒に転居してきた。一人暮らしだった大山さんの夫の母親が亡くなり、空き家になった家に越してきたのだという情報は、ご近所さんから仕入れた。

その大山さんが、容子はどうにも苦手なのだった。

周囲に緑が多いことにも、公共施設が充実している住環境にも満足しているのだが、一つだけ不満があるとすれば、ゴミ集積所の問題である。

指定されたゴミ集積所は、分譲地のはずれにあり、容子の家から離れた場所にあって道路に面している。そして、その道路の向かい側に大山さんの家が建っており、家の中から外の様子をうかがっているのか、容子がゴミ捨てに行くのにタイミングを合わせるかのように玄関から姿を現すのだ。ときにはゴミを詰めた袋を持って集積所へ行くために、ときにはほうきを手に玄関前を掃くために。

出勤途中の夫にゴミ捨てをしてもらおうと思ったこともあるが、自家用車通勤の夫に道路に車を停めさせてまでゴミ捨てを頼むのも申し訳ない。それに、朝はあわただしくて家中のゴミを集めてもいられない。どうしても、夫や子供たちがいなくなってから、点検を兼ねてゆっくりゴミをまとめることになる。

――今日は顔を合わせませんように。

そう祈りながら、早足に集積所へ行き、指定場所にゴミ袋を置いて、急いで立ち去ろうとしたときだった。

「あら、瀬戸さん」

大山さんの大きな声に背後から呼ばれた。

「あ……ああ、おはようございます」

振り返ると、小太りの大山さんがゴミ袋を手に道路を小走りに渡ってくる。

とっさに、逃げるように立ち去ることもできたかもしれない。だが、見つかってしまった、という失望感が大きくて、身体が硬直してしまい、足が動かなくなったのだ。以前、「パートがあって急いでいるので」という言い訳を使ったときに、「あら、午後からじゃなかった？」と切り返されて、言葉に詰まったことがあった。それ以来、うそを見抜かれるのが怖くて、結局、足を止めて彼女と話し込むはめになってしまう。

「上のお兄ちゃん、マラソン大会に向けて練習しているんじゃない？」

大山さんに上の息子の話題を振られて、緊張でてのひらが汗ばんだ。

長男の中学校では、年末に恒例のマラソン大会が開かれ、夏休みが明けたころから大会に向けて自主的に家のまわりを走って身体を鍛える子が増える。容子の長男もその一人だった。

むずかしい年ごろだが、長男はよその子に比べて、母親に積極的に学校や友達の話をしてくれるほうだと思っている。昨日も夕方、ジョギングの最中に角を曲がった途端、自転車にぶつかりそうになってあわてた、と帰るなり、息せき切って報告してくれた。

「ええ、はい、一生懸命練習しているみたいです」

大山さんの正確な年齢はわからないが、社会人の子供がいるらしいとご近所さんから聞いたことがあるから、容子よりひとまわりは上だろう。口をついて出るのは、おのずと敬語になる。

「どう？　優勝狙えそう？」

「そんな、優勝なんて……」

「あら、一年生のときは学年男子で三位だったんでしょう？　次は優勝狙わなくちゃ」

「ああ……はい、目標は高くですよね」

どこからどう仕入れるのか、大山さんの情報量の多さには畏《おそ》れ入る。長男がマラソン大会で三位になったことなど彼女に話した覚えはない。

「でも、あれだけ毎日走っていれば、実力もつくでしょう？」

「だといいんですけど……」

他人の子供の顔も覚えていれば、練習風景も観察している大山さんは、脅威的な存在だ。

「うちの下の子は、いま大学生なんだけど」

と、大山さんが声のトーンを上げて切り出した。「茨城の中学でも毎年マラソン大会があってね、三年のときに男子の部で優勝したのよ」

「へーえ、そうなんですか。すごいですね」

容子は話を合わせながら、〈やっぱり、そうか〉と、心の中でため息をついていた。自分の子供の自慢をしたくて、容子にマラソン大会の話を振ってきたのだろう。

「まあ、でも、そんなに生徒数の多い中学校じゃなかったから」

と、大山さんは、いちおう謙遜するそぶりを見せる。

「それでも、すごいことですよ。一位なんですから。優勝なんですから。息子さん、がんばられたのですね。うらやましいです。うちの子にも今度、指導してほしいくらいです」

と、容子は大げさに持ち上げてやった。

「最初に飛ばしすぎると、後半バテてスタミナが続かなくなるわよ。大事なのはペース配分ね」

大山さんが、鼻の穴を膨らませて得意げにアドバイスし始めたので、

「ありがとうございます。忘れないうちにメモしておいて、息子に伝えますね」

ペコンとお辞儀をすると、容子はきびすを返した。思いきって話を切り上げないと、いつまでも彼女の自慢話を拝聴するはめになりかねない。

2

それにしても、と自宅に向かって歩きながら、容子は自分の要領の悪さを嘆いた。大山さんのおしゃべりは有名で、ご近所さんたちは揃って、大山さんにつかまらない術《すべ》を巧み

に身につけている。大山さんもそれを敏感に察するのか、いまではターゲットは容子のみになっている。

ゴミ集積所の場所が変更にならないかぎり、今後も大山さんと顔を合わせる機会は続くだろう。容子は気が重くて仕方ない。

「大山さんの奥さん、マウントを取りたがるんで閉口しちゃうわ」

そうこぼしたご近所さんがいたが、容子は大山さんのマウントの取り方の異様さに気づいていた。

たとえば、世間話の延長で、お花見の話題を出したときだった。

「このあいだ、中央《ちゅうおう》公園まで散歩したら、桜の花がきれいでした。まだ八分咲きでしたけど、充分お花見を楽しめました」

そう切り出した容子に、

「あら、わたしが行ったときは満開でとてもきれいだったわよ」

と、大山さんは返してきた。

日常の買い物の話題一つにしても、容子が「そこのスーパーでいちごがお買い得でした」と言えば、「あら、道の駅でふたパック五百円で買えたわよ」と、即座に切り返される。

自分が見た桜のほうがよりきれいで、自分が買ったいちごのほうがよりお買い得、そう言いたいのだろう。

要するに、負けず嫌いな性格ということなのだが、大山さんの場合、どんな場面においても自分が優位に立たないと気がすまない点が厄介だ。

たとえば、この夏、容子は右目だけ細菌性の結膜炎《けつまくえん》にかかって市内の眼科クリニックを受診した。薬局で目薬と眼帯をもらって表に出たとき、買い物帰りの大山さんと出くわした。

「まあ、その目、どうしたの？　眼帯なんかしちゃって」

「結膜炎にかかってしまったんです。はやり目ではないけれど、子供たちと接する以上、眼帯をしないといけなくて。不便ですよね。片方の目しか見えない状態だと、平衡感覚が鈍って歩くのも怖くて」

大山さんに目を見開かれて驚かれたので、そう説明すると、

「あら、わたしなんか両目とも飛蚊症《ひぶんしょう》で、いつも目の前にチラチラと黒い蝶々が舞っているような状態なのよ。医者に行ったら、『それはもう慣れるしかありません』って言われて、治療法も何もなくて」

と、大山さんは、指先を蝶の羽のように小刻みに震わせて早口でまくしたてた。

次男の小学校のPTA役員に選ばれてしまったことを、雑談の中で、「役員会に出るためにパートを休まなくてはいけなくて」とこぼしたときもそうだった。

「あら、わたしなんか上の子が中学生で下の子が小学生のときに、PTAの役員をかけもちしてたんだから。パートの仕事もしてて、その上、わたしの祖母が九十過ぎて介護が必要で。ときどき頼まれては、車を出して通院に付き添ってあげてたのよ」

と、大山さんは、自分の体験談を鼻息荒く語った。

病気一つとってみても、あなたより自分のほうがずっと深刻でつらい症状だと強調したいのだろうし、PTA活動一つとってみても、あなた以上に自分のほうが輪をかけて困難な状況に置かれていたと強調したいのだろう。

——お花見が楽しめてよかったわね。

——目が痛いのはつらいわね。

——PTAとパートの両立って大変ね。

会話の中で、大山さんは、共感や同情を示す言葉を決して口にしようとはせず、ひたすらマウンティングすることに神経を費やす。そうした会話につき合わされるのが容子には苦痛であり、ストレスになっているのである。

「大山さん、こっちに越してきたくなかったんじゃない？　家は古いし、リフォームしたくてもできない事情があるみたいだし。ほら、わたしたちの家はまだ建ててから十年で新しいでしょう？　もしかしたら、わたしたちをやっかんでいるのかも」

そう耳打ちしてきたのは、同じ分譲地に住む女性だが、彼女の見方があたっているのかもしれない、と容子は思う。大山さんなりのストレスのはけ口が容子なのだろう。

――我慢しながらつき合っていくしかないのかしら。

大きなため息をついて、最後の角を曲がる。自宅の門扉が見えてきた。容子は、ふと違和感を覚えた。きちんと閉めたはずの門扉がわずかだが開いている。

――閉め方が甘かったのかしら。

それとも、上の子が忘れ物をして、取りに戻ったのか……。ゴミ捨てに行くくらいは、と鍵はかけずにいる。一度、鍵をかけて出ようとしたとき、ちょうど向かいの家の主婦もゴミ袋を手に玄関から現れたことがあった。彼女が当然のように無施錠で門から出たので、鍵を持つ手が止まった。

警戒心を露わにしすぎることに罪悪感や羞恥心《しゅうちしん》を覚えた容子は、自分も鍵をかけずに表に出た。それ以来、ゴミ集積所に行くときは無施錠と決めている。いままではそれで何も問題はなかったが……。

玄関ドアを開けた瞬間、異変に気づき、容子は青ざめた。明らかに、何者かが廊下に土足で駆け上がった形跡がある。

心臓の鼓動が激しくなった。急いで居間に入ると、ハンガーにかけておいたバッグが床に落ちていて、バッグのファスナーが開いている。

震える手でバッグの中を探る。

容子が愛用している黄色い財布が消えていた。

第五章　歴史散策と謎歩き

1

スマートフォンを手に神社の鳥居を撮影している真紀の隣で、忠彦は、腕組みをして目をつぶっている。目を閉じて思索にふけるのは、史跡を訪れたときの夫のいつもの癖であり、真紀はいまさら驚いたりはしない。

「何か感じた？」

「ああ、戦の残り香というか……兵《つわもの》どもの夢の跡をね」

忠彦は、目を開けて手を広げると、まわりの空気を肺いっぱいに送り込むように深呼吸をした。

「夏草や兵どもが夢の跡……は、松尾芭蕉《まつおばしょう》が平泉《ひらいずみ》で詠《よ》んだ句だよね」

大学で日本文学を専攻した真紀である。

「うん。平泉は、奥州《おうしゅう》藤原《ふじわら》氏が栄華を極めた地だね。源《みなもとの》頼朝《よりとも》に追われた義経《よしつね》が逃げ延びてきた地でもある。藤原秀衡《ひでひら》にかくまわれたものの、彼の死後、兄頼朝の圧力に抵抗しきれなかった息子の泰衡《やすひら》に命を絶たれてしまった。栄華のはかなさを詠んだ句だけど、この光景を眺めていると、それに通ずる感慨を覚えるね」

真紀も忠彦にならって目をつぶってみたが、残念ながら栄枯盛衰の香りをかぎ取ることはできなかった。

二人は、川中島古戦場史跡公園内にある神社、八幡社《はちまんしゃ》に来ている。

片瀬敏子の飼い猫ニシンの里親になることが決まり、今日がその引き取り日なのだ。猫を乗せるのだから、と忠彦は、今日のためにレンタカーを用意した。動物保護団体の芦辺のところに行くのは午後の予定だが、その前にニシンの名前の由来になった川中島古戦場に寄ることにしたのだった。

「ほら、戦の名残《なご》りが足元にもあるよ」

鳥居をくぐって境内に入ると、相撲の土俵のように土がこんもりと盛り上がっている箇所が目に入る。

「盛り土がしてあるのかしら」

「いや、合戦のときの陣営の跡で、土塁だよ」

忠彦は少し身をかがめると、「武田勢が陣を張って、こうして身を低くして敵を迎え撃つ」と、足元の硬い地盤をスニーカーの靴先で踏みながら、まるで自身が合戦に参加したことがあるかのように説明した。

「川中島の戦いって、一度や二度じゃなかったんでしょう？」

歴史にさほどくわしくない真紀でも、そのくらいは知っている。

「一般的には、十二年間に五回にわたって戦いが繰り広げられたと言われているけど、中でも永禄《えいろく》四年だから一五六一年、九月十日の戦いがもっとも激しかったとされている。千曲川と犀川に挟まれた川中島一帯で行われた有名な戦いだよ」

「上杉謙信と武田信玄の一騎打ちの戦いね」

川中島の戦いを題材にした「天と地と」の話は、映画好きな両親から聞かされている。真紀が赤ちゃんのころに封切られた映画で、原作は海音寺《かいおんじ》潮五郎《ちょうごろう》、上杉謙信を榎木《えのき》孝明《たかあき》が、武田信玄を津川《つがわ》雅彦《まさひこ》が演じたという。

「戦いの舞台となったのが八幡原《はちまんばら》で、武田方の武将、山本勘助《やまもとかんすけ》も討ち死にしている」

「山本勘助、知ってるわ。『風林火山』は家族で観てたから。山本勘助を演じたのは、えぇっと……」

「内野聖陽《うちのせいよう》だろ？」

「ああ、そうそう」

話が映画やテレビドラマに脱線したのに気づいて、二人は苦笑し合った。

「それにしても、ニシンの名づけ親の宮田文枝さんは、よっぽど戦国武将が好きだったのね」

二大武将の一騎打ちの銅像の前で、真紀は、片瀬敏子の亡くなった親友に思いを馳《は》せた。

「殺された宮田さんは、お隣の今井に住んでいたんだよね。この近くだから、車で何度も訪れていたかもしれない。世代を超えて、歴史談義を重ねてみたかったたな」

馬にまたがり、太刀《たち》で切りつける上杉謙信と、腰掛けに座り、その太刀を軍配団扇《ぐんばいうちわ》で受ける武田信玄。二つの像を眺めながら、忠彦も感極まったような表情で言った。

その銅像の前で写真を撮ってから、本殿を参拝した。腕時計を見た忠彦が、「急がないと。まだ回るところがあるからね」と言う。行き先は運転手の夫に任せることにして、真紀は助手席に乗り込んだ。

車は国道18号線を南下する。目的地は、南長野運動公園内の西のはずれにある山本勘助が討ち死にしたとされる場所——勘助宮跡地だと思われたが、そこに建てられた石碑を読んだあと、「じゃあ、面白いところへ行こうか」と忠彦が歩き出したので、本当の目的地は違うのだとわかり、真紀は首をかしげた。

2

忠彦が車を停めた瞬間、助手席の窓からドーム型の建物を見上げて、真紀は素《す》っ頓狂《とんきょう》な声を上げた。

「サッカー場じゃない？」

一九九八年に開催された冬季長野オリンピックの開閉会式会場となったオリンピックスタジアムの周辺を整備し、各種スポーツ施設を充実させたり、遊具を取り揃えたりして、子供から大人まで楽しめる空間に仕上げたのが南長野運動公園である。広大な敷地を有する公園で、地域住民の憩いの場となっている。

現在は野球場として使われているオリンピックスタジアムの隣にサッカースタジアムがあるのは、真紀も裕次郎から聞いて知っていた。

山口で生まれ育ち、大学に入るために東京へ行き、そこでトラブルに巻き込まれたこともあり、心機一転、異母兄の産みの母親を捜すために松本に流れ着いた裕次郎である。松本とは縁もゆかりもなかったはずの彼だが、「秋山」の常連客に熱烈な地元サッカーチームのサポーターがいたとかで、その客の影響で裕次郎もサッカーが好きになり、地元チームを応援するようになったという。松本に地元サッカーチームの熱烈なサポーターがいるように、長野にも地元サッカーチームを応援する熱いサポーターがいるのだそうだ。

「河合家の夫婦ゲンカの原因って、浦和と大宮のマウントの取り合いだったんだろう？　それじゃあ、真紀をここに連れてきたのは？」

車から降りてスタジアムを見上げている真紀に、忠彦が何やら謎かけをするように言った。

「長野と松本のマウント合戦ね」

ゲートの位置を示すオレンジ色の案内板を眺めながら、川中島合戦になぞらえて、真紀は応じた。

晴香と賢人のケンカの原因を忠彦に伝えたとき、「ああ、住んでいる街のマウントごっこねえ。職場でもよく耳にするよ。ここ松本と県庁所在地の長野とのね」と、苦笑いとともに受けた忠彦だった。「チームカラーがオレンジ色のAC長野パルセイロと、チームカラーが緑色の松本山雅《やまが》FC。うちの取り引き先にも両方のサポーターがいて、試合に負けた翌日などに会うと機嫌が悪かったりするんだよな。しかも、一方が勝って他方が負けたりした場合は、敗者側に細心の注意を払わないといけない。それがけっこう面倒でね。両チームがぶつかり合ういわゆる信州ダービーともなると、双方のサポーター同士、火花がバチバチ散って応援合戦は盛り上がり、すごい騒ぎになるらしい」

「浦和と大宮。長野と松本。サッカーにかぎらず、お互いにいろんな面においてライバル視し合っているってこと？」

「長野市と松本市は、歴史的な背景も関係しているから、合併してさいたま市になった浦和と大宮とはまたちょっと違うのかもしれない。もともと長野と松本は、違う県だったんだよ」

「それは、わたしも聞いたことがあるけど……」

言いかけたが、長野県の成り立ちをおさらいする意味で、忠彦の歴史の講義に耳を傾けることにした。

「明治四年、一八七一年の廃藩置県によって、長野県が誕生した。そのときは、長野を含む東北信地方が長野県で、松本を含む中南信地方は筑摩《ちくま》県と決められた。それが、一八七六年になると、筑摩県を長野県に吸収合併する動きが出てきてね。そんな矢先、筑摩県庁が原因不明の火災に遭って全焼し、統合案は急遽変更となった。そして、南部は飛騨地方、いまの岐阜《ぎふ》県に統合されて、残った北部が長野県に統合されたという経緯がある。当然、面白くないのは……」

そこで、忠彦が視線をこちらに流してきたので、

「もちろん、県庁を失った旧筑摩県民です」

と、真紀は、歴史の講義を受けている学生の口調で答えた。昨夜、忠彦がパソコンの前で熱心に下調べをしていたのは知っていたが、黙っていてあげようと思った。

「そう、旧筑摩県民は、躍起になって県庁を自分たちのもとに取り戻そうとする。いろいろ裏で画策していた人も多かっただろうね。で、諸々あって昭和二十三年、一九四八年、分県騒動が起きたんだ。県議会において、分離賛成派の南信選出の議員と分離反対派の北信選出の議員が激しく対立した。会議で採決が行われた結果、三十対二十九で賛成派が上回り、あと一歩で長野県が真っ二つに分かれるというところまでいった。ところが、本会議での採決の直前、議場で思いがけないことが起きた。何が起きたかというと……」

知ってるだろ？　という表情を忠彦が向けてきたので、真紀は大きくうなずくとともに、

「傍聴席から『信濃の国』の歌声が流れてきて、次第に周囲を巻き込んで歌声は大きくなり、ついには大合唱になったんでしょう？　それで、分県案は廃案になったというのよね」と、あとの説明を引き取った。長野県の県歌である「信濃の国」の由来やエピソードに関しても、松本に越してきて以来、複数の人から耳に入れている。

「そのとき、誰かが『信濃の国』を口ずさまなかったら、長野県は二つに分かれていたの

かもしれないね」

忠彦は、そう言って肩をすくめた。

「だから、長野県民は誰でも県歌の『信濃の国』を、心の拠りどころにして大切にしているのね」

ローカルテレビから何度か流れてきた「信濃の国は十州に」の歌い出しの歌詞は、真紀も覚えてしまった。

「信濃の国は十州に境連ぬる国にして〜」

忠彦が、調子っぱずれの「信濃の国」を口ずさみ始めたので、

「どんな世界にもお互いを意識し合うライバルっていると思うけど、ライバルといえば……」

真紀は、急いで話題を転じて、同時に自分たちに関する話題へとつなげた。「忠彦にはライバルみたいな存在っている？ ライバルというか、意識するような存在って」

「そうだなあ」と、忠彦は少し考え込む。

他人の悪口はもとより、うわさ話もほとんどしたことのない忠彦である。「いないよ」と答えるかと思っていたら、「高校時代にはいたよ」という予想外の返事があって、真紀は面食らった。

「どういう人？」

「同じクラスでね、部活も一緒だった」

「バスケット部でしょう？」

結婚式のときの招待客に忠彦の高校の同期生が何人かいて、顔を合わせた記憶がある。

「そいつはキャプテンでぼくよりずっとうまかった。シュートもドリブルも。こっちがどんなに練習しても、追いつけない。生まれつき運動神経が抜群のやつっているんだと思ったよ。成績は互角だったけどね」

「結婚披露宴に来た人の中にいた？」

「いや……彼は、海外赴任中で来られなかったね。で、真紀は？　ライバル的な存在っていた？」

矛先がこちらに向いた。

「ううん……いなかったかな」

真紀は、ちらっと浮かんだ一人の女性の顔を頭から追い払って答えた。それは、忠彦のような同期生ではなかったからだ。

「でも、ライバルって、切磋琢磨《せっさたくま》し合って、お互いを高め合う存在でもあるでしょう？」

そして、話題を戻した。「長野と松本もそうじゃないのかな。相手の実力や長所を認めて敬意を示しているからこそ、自分も負けないように努力する」

「仲よくしたいんだけど、意地もあって自分からは歩み寄れない。そんな感じかな」

忠彦は、ふうっとため息をついてから、「それもあって」と言葉を継いだ。「宮田文枝さんは、飼い猫に『ニシン』と名づけたんだよ」

「えっ？」

一瞬、意味が呑み込めずに面食らった真紀だったが、推理力はそれなりに備わっていると自負している。少し考えて、「ニシンのシンは、『信濃の国』や『信州』の『信』ってことね？　つまり、同じ信州人同士、仲よくしましょうという意味をこめて、『信』を二つにしたのね」

「それもあるかもしれない。だけど、やっぱり、『ニシン』は、上杉謙信と武田信玄の『信』なんだよ。川中島の戦いのときに、上杉謙信が長野側についたとされ、武田信玄は松本城の前身である深志城を根城にしていたからね」

「なるほど。双方の『信』を合体させることで、長野と松本を和解させたかったのね」

「そういうことだね」

「奥が深い！」

思わず、真紀は手を叩いてしまった。宮田文枝が歴史好きだったとしたら、そこまで考えて命名した可能性は充分考えられる。いや、そう考えたほうが楽しいし、彼女へのはなむけになる気がした。

「ますます惜しまれるね。宮田さんご本人と歴史談義を重ねてみたかったな」

「宮田さんの無念を晴らすためにも……」

真紀は、きっと顔を上げた。最後に寄るところが一つ残っている。

3

国道沿いの目についたラーメン店に入って、真紀は塩ラーメンを、忠彦は味噌ラーメンを注文し、急いで腹ごしらえをしたあと、肝心の場所へと急いだ。

今井駅の東口の駐車場に車を入れて、そこから駅構内を通って目的地へ向かう。想像はしていたが、公共施設や集合住宅の建ち並ぶ東口とは対照的に、西口には一面桃畑が広がり、桃畑の中に作業小屋や民家が点在していて、のどかな田園風景が目に染みる。

「犯罪とは縁がなさそうな地域に見えるけどね」

ロータリーに面して造られた駐輪場の前に立って、真紀は言った。

「縁がなさそうだからこそ起こる犯罪もある」

それに対して、忠彦が意味深な言葉を返してきた。

ロータリーから正面に延びる舗装された道路を、お揃いのスニーカーを履いた二人が進む。片瀬敏子から聞いた宮田文枝の家の場所は、グーグルマップで調べてある。駅から五分。赤い屋根の二階家だ。右隣が空き家で、左隣の叢《くさむら》は青空駐車場になっているのか、ライトバンが二台とめてあり、青空駐車場を挟んで平屋の隣家がある。

宮田文枝の家の前には、門柱をつなぐように立入禁止のテープが張られている。

二人は、家に向かって手を合わせると、目を閉じた。

「ポツンと一軒家、というわけじゃないけど、人の目が届きにくい場所ではあるよね」

黙とうしたあと宮田文枝の家のまわりを一周して、忠彦が言った。「宮田さんの家の裏手は畑で、その後ろに家が三軒並んでいる。つまり、宮田さん宅は、家に取り囲まれてはいないということだ。右隣は空き家だから、隣人と呼べるのは、青空駐車場の隣の家だけで、そこも表札を見たら夫婦と思われる名前が二つしか並んでいなかったから、ご近所の目にも触れにくい。しかも、名前からして高齢夫婦だろう。足腰が万全でなければ、物音を聞きつけてもすぐに外には出ていけないだろうし、耳が遠かったりしたら、外の物音も拾いにくかったかもしれない」

「なるほどねえ」

真紀は、近所の家の表札まで観察していた忠彦に感心した。地方では、表札に家族全員の名前を並べている家もまだ多く残っている。

「でも、まあ、近隣の人たちには警察が聞き込みをしているはずだし、捜査が進展していないってことは、手がかりが得られていないのかもね。駅のあたりにしか防犯カメラはなさそうだし」

周辺を見渡して、視線を駅方面へと向けると、真紀は言った。宮田文枝の家の近くにコンビニなどの商店は見あたらない。

「犯人は、宮田さんを殺害したあと、どう逃げたかだな」

忠彦も、腕組みをして考え込む。「車で逃げたとしたら、近くにとめておかないとならない。見かけない車がとまっていたら、かなり目立つだろう。自転車だったら、駅の駐輪場にもとめておける。自転車に乗って逃げたとしたら……」

「それで、あの自転車ね」

忠彦の視線が流れてきたので、真紀はうなずいた。

片瀬敏子の言葉が脳裏に浮上してきた。彼女は、「事件に関係あるかどうかはわからないけどね」と断ってから、宮田文枝が近所で目撃したという自転車の話を真紀だけに教えてくれたのだ。

「宮田さんは、遺体が発見された二日前に、片瀬さんと電話でやり取りしていた中で、『近所でおもしろい自転車を見かけたの』って話したんだったよな」

周辺の様子を観察するようにその場でゆっくりと一回転して、忠彦が言った。

「うん。『いまどきアイスキャンディー売りなんて来るかしら』ってね」

真紀は、その先の言葉を引き取った。

「どう思う？」

忠彦が真紀の意見を求めてくる。

「宮田さんの言葉どおり、いまどき自転車でアイスキャンディーを売りに来る人なんていないと思う。あたかも、アイスキャンディー売りのような自転車に見えた。そういう意味じゃないかしら」

アイスキャンディー売りの話は、福島出身の父親から聞いたことがあった。小学生時代、夏になると家の近くまで自転車でアイスキャンディーを売りに来るおじさんがいたという。

「SNSで調べてみたけど、長野市周辺にそういう風習は残っていないようだね」

忠彦も首を横に振って、「ぼくも宮田さんの言葉は、『近所で、アイスキャンディー売りみたいな自転車を見かけた』。そういう意味に解釈していいと思う」と続けた。

「アイスキャンディー売りの特徴って？」

「まず、幟《のぼり》を立てていることだね」

真紀の問いかけに忠彦が即答し、息継ぎをしてから「次に」と続ける。「アイスキャンディーを入れるような大きな箱を荷台にくくりつけている」

「つまり、その自転車を現代風に置き換えれば、目立つ大きな荷物を荷台にくくりつけて、自転車のどこかに旗のようなものをつけて、それが風になびいている？」

そういう光景を思い描きながら、真紀は言った。

「だね」と、忠彦がうなずく。

「宮田さんがその自転車を近所で見かけたのは、事件が起きる前の日だった。事件の前日のことが事件に関係あるのかしら」

片瀬敏子自身も、事件との関連を疑問視した上で話してくれたのである。

「事件に関係あるかどうかはともかく、田舎では見かけない人や見かけない車があれば気になるものだろう？　見かけない人がうろついていれば警戒する」

「そこは、片瀬さんの直感を信じたほうがいいってことね」

「ああ」

「でも、警察に言わなくていいのかしら」

かすかに罪悪感が胸に生じる。

「本来は、言うべきだろうね」

そう即答した忠彦は、「だけど、もう少し様子を見てみよう」と、自分の胸に言い聞かせるように言葉を重ねた。

「片瀬さんがわたしにだけ話してくれたから、信頼を裏切りたくないの？」

「えっ？……まあ、それもあるけど」

忠彦は何か考えごとをしていたのか、反応が一瞬遅れた。「個人的にちょっと気になることがあってね。それが解決してから」

「気になることって？」

「いや、それは……」

「わかった。いまは追及しないけど、解決したら教えてね」

忠彦が言葉を濁すときは、頭の中で自分の考えを整理しているときだ。それがわかっている真紀は、わずかに胸に生じた罪悪感を追い払って、「片瀬さんは、あんな恥ずかしい話までわたしに打ち明けてくれたんだものね」と言った。

「あなたにだけ話すけど」と、顔を赤らめながら語った片瀬敏子の言葉が思い出された。

——あのね、わたしがどうして足を怪我したかというと、実は、ニシンの前で文枝さんが襲われた場面を演じてみたからなの。事件の再現ドラマみたいにね。猫の習性というか、ニシンの反応を確認したくて。襲われて倒れる演技をするつもりが、畳と絨毯のわずかな段差に足の指が引っかかって、転んじゃって……。ねっ、ドジでしょう？　こんな話、とてもじゃないけど刑事さんにはできないわ。

「片瀬さんって、お茶目なところもあるんだね」

忠彦が言った。

「それだけ、親友の仇をとりたい、っていう執念が伝わってくるよね」

忠彦の言葉を受けて、真紀も言った。

「じゃあ、行こうか。ニシンを引き取りに芦辺さんのところへ」

忠彦が真紀の手を取って、先を急がせた。

第六章　猫育てと自分磨き

1

——人間二人に猫が一匹加わっただけで、こんなにも生活が激変するものなのか。

長野からニシンを引き取り、松本の自宅に連れ帰って四日目。

真紀は夕飯のしたくをしながら、ときどき部屋の片隅で丸まっているニシンに視線を投げていた。けさ出勤時に、「今夜は早く帰れる」と、忠彦は言っていた。心なしか声が弾んでいたので、〈ああ、ニシンと遊びたくて早く帰りたがっているんだな〉と察した。

そう、ニシンはいち早く忠彦になついてしまったのである。里親になるきっかけを作ってやった真紀を差し置いて。

動物保護団体の芦辺のもとへ行き、ニシンをキャリーバッグに入れてレンタカーに乗せ、松本まで連れ帰ったあの日。

部屋に放たれたニシンは、警戒するように身体を丸めてダイニングキッチンの隅っこにいたが、「車の中は乾燥していたから喉が渇いただろう？　ほら、松本のおいしい水だよ」と、忠彦がやさしく声をかけるなり、実際に喉がカラカラだったのか、水を汲《く》んだ皿に近づいてくると、勢いよく音をたてて飲み始めた。そして、「ホント、おいしい水だね」とでも言いたげに、差し出された忠彦の指先をペロペロとなめた。そうやって、ほんのひと口の水で、忠彦はニシンを手なずけてしまったのだ。

それからは、家に忠彦がいるあいだは彼のあとをついて歩いたり、彼の近くに鎮座したりしている。夜の就寝時は、忠彦側のふとんに潜り込む。朝は、目覚まし時計より先に、忠彦の足を頭でスリスリして起こす。

忠彦が出勤してからニシンに食事を与えるのは真紀の役目になっていて、そんなときは、もちろん旺盛な食欲を見せてくれるので、決してわたしを嫌っているわけではない、とわかってはいるものの、接する態度に明らかな差をつけられるのはおもしろくない。

「ただいま」

玄関のドアが開いて、本当に早めに忠彦が帰ってきた。

ニシンがさっと玄関に向かう。

「この子、本当は猫じゃなくて犬なんじゃないかしら」

「おお、ニシン、元気だったか」と、ご満悦顔で猫を抱き上げた忠彦に、真紀は嫌味を言ってやった。しっぽこそ振らないものの、待ってましたとばかり帰宅した飼い主を玄関まで出迎える様子は、まるで忠犬である。

「猫によって個性があるからね」

忠彦は、意に介さずに目を細めながらニシンの頭を撫でる。

「抱き癖、つけないでよね」

つい嫌味もきつくなり、真紀はハッとした。これでは、まるで子育て中の夫婦ではないか。ふと、赤ん坊を抱く忠彦の姿を想像した。こんなに猫をかわいがる人は、自分の子供もかわいがるはずだ。

――わたしたち、そろそろ子供を持ってもいいころでは。

そんなことを考えている自分に気づいて、また胸をつかれる。横浜の実家に住み、そこから神奈川県内の食品会社の研究所まで通勤している妹の芽衣《めい》は、仕事に夢中で、「結婚よりキャリアを積むのを優先させる」と公言している。当分、結婚しそうにない。いや、一生独身を通す可能性が高い。両親やまだ健在でいる祖父母に、孫やひ孫の顔を見せてやれるのは、自分しかいない。

「だけど……」

いまこの時期に子供なんて、と真紀はかぶりを振った。忠彦の転勤に伴って会社を辞め、東京から松本へ引っ越してきた。通販会社の雑貨部門の商品開発という仕事には、やりがいを感じていた。それに準ずる仕事を見つけて、子育てと両立させたい。自然に恵まれた環境での子育てもしてみたい。そういう夢を持ちながらも、そうするだけの自信も勇気も持てずに心は揺れている。

「何？　どうしたの？」

内心でつぶやいたつもりが、声に出ていたらしい。忠彦が聞いてきた。

「ううん、何でもない」

ふたたび首を左右に振った。まだ忠彦に話すのは早いと思った。

「ねえ、ニシンは人間でいうと何歳かしら」

そこで、話題を猫に戻した。が、真紀の頭の中では、子育てに通じている。

「宮田さんが引き取ったときは、生後四か月くらいだったんだろう？　それから一年ちょっとたったとしたら、人間では二十歳《はたち》くらいかな」

「二十歳？　ニシンはメスだから、成人式を迎えるお嬢さん、って年ごろかしら。それで、色気づいてきて、忠彦に色目を使っていたりして」

「バカバカしい」

忠彦が笑って、抱いていたニシンを床に下ろした。洗面所へ向かう忠彦のあとを、忠犬ならぬ忠猫のニシンが追う。

「越後の龍に甲斐の虎。ニシン、おまえは二つを合体させたのだから、さながら信濃の龍虎猫だね」

洗面所でまたニシンを抱き上げたらしく、忠彦がそんな言葉でからかっている。

「やれやれだね」

真紀は、仲睦《むつ》まじい二人を横目に、ダイニングテーブルに料理を並べた。

——わたし、猫に嫉妬してる?

バカみたい、と自嘲ぎみに笑う。

「今夜は何?」

着替えを済ませた忠彦が、冷蔵庫から取り出した缶ビールを手に食卓に着く。

「銀鱈《ぎんだら》の西京漬け。横浜から送られてきたの」

献立は、ほかに和風サラダと高野豆腐と椎茸《しいたけ》と根菜の煮物、それにじゃがいもがメインの味噌汁である。海のない奈良県で育ったくせに魚好きの忠彦のために、真紀の実家からときどき魚の西京漬けや干物などが送られてくる。新しい地での生活を心配しての親心だとは思うが、仕事を見つけられずにいる真紀は、そうした親心を少し負担に感じている。

「うまそうだな。お義母《かあ》さんにお礼、言わないと」

「わたしがメールしといたから」

そっけなく返した途端、ニシンが忠彦の膝にぴょんと飛び乗った。

「ニシンも食べたいのかな」

よしよし、と忠彦がニシンの頭を撫で始めたので、

「ご飯の時間は決まってるの。もうニシンは済ませたから」

真紀は、びしっと言ってやった。「わたしたちが食べるおかずをニシンにはあげないでね。猫には塩分過多で、お腹を壊すかもしれないでしょう？　けじめが肝心。ニシンは、片瀬さんからの大事な預かりものなんだから」

「あ……ああ、そうだな」

少ししゅんとして、忠彦は膝からニシンを床に下ろした。ニシンがふたたび飛び乗ろうとしたのを、「ニシン、ダメ」と、真紀はテーブルを手で叩いて威嚇《いかく》し、阻止した。

首をすくめた様子のニシンが、数歩あとずさりをした。

――忠彦は、あなたのものじゃない。わたしの夫よ。

いまのニシンには、そう受け取られただろうか。真紀は、自分とニシンと忠彦の三角関

係を思い描いた。猫の「彼女」に自分の優位性を示そうとしている。これも一種のマウントだろうか、と思った。

気まずい空気が漂ったのを救うように、リビングボード上の真紀のスマートフォンが鳴った。

「ああ、真紀さん。夕飯どきにごめんなさい」

柿本直子の声だった。

大正ロマンの雰囲気をまとった建物が並ぶことで知られる上土通りで開いている小料理屋「秋山」は、今日は定休日ではないはずだ。が、声の調子は営業中のそれではない。

「お店……からですか？」

それでもそう問うと、

「今日は臨時休業にしたの。わたしが怪我しちゃってね」

と、情けなさそうな声が返ってきた。

「大丈夫ですか？　どこを怪我されたんですか？」

心配になって聞き返すと、忠彦が食事の手を止めて視線をよこした。

「自転車で転んじゃって、右手首の筋を痛めたの。幸い、骨折はしていなかったんだけど」

骨折しなかったと知ってホッとしたが、直子は右手が利き手である。料理をするのに支障が生じる。

「明日は予約が入っていて、裕次郎だけでは無理そうで。わたしの手がこんなだと……」

「お手伝いしましょうか？」

いち早く窮状を察して、真紀は自ら申し出た。

「えっ、いいの？　お願いしたいのは山々だけど……」

「遠慮なさらずに。わたしは……」

いま失業中、いえ休職中ですし、と続けるのはためらわれて、「料理好きですから」と、事実と反することを口にした。料理は得意というほどではない。だが、以前の職場で、キッチン関係の便利グッズの企画販売にかかわったことはある。

「それに、前々から直子さんにお料理を教わりたいと思っていたんです」

そう言い添えたのは、本音だった。

「真紀さん、ありがとう。助かるわ」

直子の声に明るさが宿る。

明日のスケジュールを確認して、電話を終えた。

「柿本さん、手を怪我したの？」

忠彦は、二人のやり取りから手の怪我だとすぐに悟ったのだろう。

「自転車で転んで、右手首の筋を痛めちゃったんですって」

「自転車で？」

宮田文枝が事件の前に目撃したのも不思議な様相の自転車である。奇妙なシンクロニシティに驚いたのか、忠彦が声を上げる。

「だから、わたしにSOSを出してきたのよ。明日は予約が入っていて忙しいみたいだし。『秋山』にお手伝いに行ってもいいでしょう？」

「ああ、もちろん。しばらく通うことになっても、自分の飯くらい作れるよ」

「あら、簡単なものなら用意してから出かけるけど」

ぼくの飯は？　などと口が裂けても言わない忠彦のやさしさが身に染みる。こういうとき、大学の同期との結婚っていいな、としみじみ思う。

「自転車といえば、高校時代の自転車通学。片道一時間。雨の日も風の日もよく通ったものだと思う。帰りは上り坂、ふうふう言いながらペダルをこいだね」

忠彦が、自転車の話題から高校時代の思い出に言及する。奈良県の山間部に生まれ育ち、中学までは地元に通い、高校は市街地にあった進学校を選んだ話は忠彦から聞かされていた。

「高校時代、ライバルだったやつがいたと言っただろう？　島村聡《しまむらさとし》。島村も自転車通学で、いつだったか、奈良と大阪の境に位置する峠を競争しながら上ったことがあったな。家は反対方向だったけどね」

遠くを見るような目になって、忠彦は続けた。

「そうだったの。わたしは、ここに来てからまた乗るようになったわけだけど」

真紀の実家は、子育て世代に人気でおしゃれな街として知られる横浜市青葉《あおば》区の、駅から徒歩圏内で買い物にも便利な場所にある。自転車に乗れるようになったほうがいい、と子供のころに公園で父親から特訓を受けたことはあったものの、その後、日常生活で自転車を使う必要に迫られたりする機会はなかった。松本に来て久しぶりに買い物のために自転車に乗るようになったのだが、感覚はすぐに取り戻せた。

高校時代、自転車通学によって足腰を鍛えたことが自慢の忠彦である。そんな些細な事柄も、いま思えば結婚の決め手となったのかもしれない。

出会ったころより確実にひとまわりは肉づきがよくなった夫を見て、小さなため息をつくと、二人に割り込むように忠彦の足元でニシンがニャアオと鳴いた。

「そういうことだから、ニシン。お留守番お願いね」

真紀はにやりとして、前足を礼儀正しく揃えて座っているニシンに言ってやった。「猫の手も借りたいくらいの忙しさなの。ニシン、あなたの手を貸してあげたら？……ああ、そうか、あなたには無理ね」

思いきり嫌味をぶつけてやると、気分がすっきりした。

――こういうのもマウントと言うのかしら。

そして、ちょっと大人げないかしら、と反省もしたのだった。

2

群馬県で盗まれた財布が埼玉県で発見された、と聞けば、世間一般の人は、財布がかなり長い距離を移動したと思うかもしれない。

だが、埼玉県と栃木県と群馬県の三県が交わる地点の近くの埼玉県加須市に生まれ育ち、同様にその地点の近くの栃木県内で生まれ育った男性と結婚し、現在はやはりその地点からそう遠くはない群馬県内の住宅分譲地に住む瀬戸容子としては、財布が発見された場所を警察から聞かされても驚きはしなかった。

けれども、住居侵入と窃盗事件が起きたのが群馬県で、財布が見つかったのが埼玉県だったことで、管轄の違いが影響して、被害者である容子のもとに連絡がくるまでに多少時間を要した可能性は否めない。

財布を発見したのは、早朝に犬の散歩をさせていた七十代の男性で、飼い犬が道路脇の落ち葉の吹きだまりの中に鼻を突っ込み、なかなか歩き出さずにいたときに、細い側溝にふと目をやって汚れた財布に気がついたという。

財布の中にあったはずの二万三千円ほどの現金は抜き取られていたが、カード類はそのまま残っていた。お金がたまるようにと金色に近い鮮やかな黄色を選んで、デパートで購入した財布は、泥まみれになって変色していたり、湿気も吸っていたりで、もはや使いものにはならない。

警察から呼び出され、財布を確認するように言われたとき、容子は、窃盗犯を見つけるための徹底した捜査をしてくれるだろうと思っていた。だが、「見つかりました。確認してください」と、ビニール袋に入った財布を無造作に渡されただけだった。

「風雨に晒《さら》されてずいぶん汚れていたから、指紋なんか検出されるはずがないと思われたのかもしれないな」

夫の陽平《ようへい》にはそう言われたが、容子は納得できなかった。何よりも自分がほんのちょっと家を空けた隙にどこの誰ともわからぬ人間が、土足のまま家に上がったことが気味悪くてたまらず、裸を見られたような屈辱感でいっぱいだったのだ。

けれども、家族には、そのほんのちょっとの油断を責められた。

「お母さん、ぼくたちには戸締りをしっかり、ってうるさく言うくせに、自分は気が緩んでいるんだからな」と、長男の和輝《かずき》に呆れられた。

それからは、ゴミ捨てに出るときはもちろんのこと、家の裏に回るときでさえ必ず玄関には鍵をかけるようにした。

――三丁目のお宅で空き巣被害がありました。みなさん、ゴミ捨てに出るわずかなあいだでも玄関に鍵をかけるように心がけてください。

自治会を通して、そういう回覧板が回ってしまったためか、事件のことはあっというまに大山さんの耳にも入ってしまった。

燃えるゴミの日、ゴミ捨てにくるのを待ち構えていたかのように、大山さんは玄関から姿を現すと、道路を小走りに渡ってきた。

「ねえ、大変だったわねえ」

眉をひそめながらも、大山さんの表情はどこか嬉しそうに見える。「泥棒に入られたんですって?」

「え……ええ、空き巣に」

空き巣と言い換えたところで、事実は変わらない。

「お財布をとられて、それは見つかったとか」

「ええ」

そこまで知っているのか、と彼女の情報網の豊かさに驚く。

「気をつけないとねえ」

「ええ、はい」

説教だけで終わってくれれば、と身体の向きを変えようとしたが、「前に住んでいたところでもあったのよ」と、残念ながら大山さんの話につき合わされる流れになった。大山さんは、確か、茨城から越してきたのだった。

「ご近所で、海外旅行中に泥棒に入られた家があってね。リビングの窓ガラスを特殊な器具で焼き切られて、そこから入られたみたい。現金のほかに貴金属も盗まれたとか。ご主人のロレックスもとられたそうよ。被害額は、何百万にもなるかしら。ハワイ旅行を満喫して帰ってみたら、家の中が荒らされて散々な目に遭ったって、奥さん、嘆いていたわ」

「そうですか、それは災難でしたね」

なぜ、いまそんな話をする？　と、容子は腹立たしさを覚えた。こんなときでも、この人はマウントを取るのか。あなたのところは数万円入った財布をとられただけだけど、わたしの知り合いの家では現金のほか貴金属や高級腕時計など何百万円もの被害に遭ったのよ、あなたの被害額とは比べものにならないくらい大きいのよ、と言いたいのか。

「それから、これは住んでいた隣の街の話だけど、アパートで一人暮らしの若い女性が、侵入してきた男に乱暴されて殺されちゃった事件があったのよ。部屋の玄関が無施錠だったのだとか。怖いわよね」

大山さんは、身震いを抑えるように、肉づきのいい身体を両腕で抱くようにしながら言い募る。

「だから、鍵を開けたまま家を出るなんてもってのほか。気をつけないとダメよ。わたしなんか、回覧板を渡しにいくときだって家の鍵はかけるわ。ああ……いまは、いいのよ。ほら、家の玄関が視野に入っているかぎりは」

そして、道路に面して建つわが家をちらりと振り返る。「でもね、自分の視野からはずれるときは要注意。家の角を曲がったら最後、そこはもう玄関に目が届かない場所、死角になるからね。わたしって、抜けているように見えて、意外と用心深い性格なの。いろんなところに目を光らせているというか。瀬戸さんがゴミ捨てにくるときは無施錠だったなんて、全然知らなかったものだから。知っていたら、ちゃんと注意してあげたのに」

「すみません、不注意で、不用心で」

思いきり頭を下げて、容子は勢いよくきびすを返した。

——犯人と鉢合わせしなくてよかったわね。

——鉢合わせしていたら、危害を加えられていたかもしれない。無事でよかったわ。

——ひどい荒らされ方をされなくてよかったわね。

そんなふうに言葉をかけて慰めてくれた人たちが大半なのに、大山さんはその種の言葉をひとこともかけようとはしない。自分がいかに防犯意識の高い人間か、いかに慎重な性格か、強調することによって、自分が相手よりすぐれていることを自慢する。そう、こんなときでもマウントを取る人間なのだ。

これ以上、神経を逆撫でされたくはない。容子は小走りに家に戻ると、玄関の鍵を開けた。ドアを開けた瞬間、廊下にうっすらと靴跡がついているように見えて、ハッとした。そんなはずはないのだが、あのときの光景がフラッシュバックしてしまう。

ふと靴箱の上の印鑑入れの皿に目をやって、小さな異物に目がとまった。手に取ってみると、黒いボタンだ。家族の誰かの衣服から落ちたのを、見つけた誰かが拾ってここに置いたのだろうか。

ボタンの謎は、その日の夕方に判明した。

中学校から帰宅した和輝が、容子の差し出したボタンを見て、「ああ、それ、ずっとポケットに入れっぱなしだったんだ。朝、家を出るときに気がついて、そこに入れといた」

と言った。

「どこのボタンがとれたの?」

「ぼくのじゃないと思う」

「じゃあ、知輝《ともき》のかしら」

次男の知輝が落とした可能性もある。

「あいつのでもないと思うよ。外で拾ったから」

「外で?」

訝しく思って詳細を聞いてみると、ジョギングの最中に外で拾ったものだという。和輝は、年末の校内マラソン大会に向けて、ほとんど毎日、家のまわりを走って身体を鍛えている。

「走っているときに、何か弾《はじ》けて宙を飛んだ気がしたんだ。そしたら、地面にボタンが転がっていて。自分の服から落ちたのかも、って思わず拾ってポケットに入れちゃったけど。考えてみたら、上下ともジャージでボタンなんかない服だったんだよね」

「じゃあ、ほかの人が落としたのかしら」

通行人が落としたのか。四つ穴のある直径一センチほどの何の変哲もない黒いボタンだ。シャツのボタンだろうか。

「ずっとポケットに入れっぱなしだったなんて。汚れ物は洗濯機に入れておいて、って言ってるでしょう？」

洗濯する際は、必ずポケットの中をあらためる容子である。

「走るときしか着ないし、下はあんまり汚れないからさ」

和輝は、不機嫌そうな口調で言い返す。

——どうしようか。

容子は、ボタンを手に少し迷った。

校章などが刻印された特殊なボタンだったら、警察に届けたほうがいいかもしれないが、どこにでもある小さなボタンだ。落とし主が躍起になって探しているとは思えない。捨ててしまってもよかったが、何の変哲もないボタンだけに、持っていれば予備として役立つときもあるだろう。そう考えて、裁縫箱にしまった。

3

同じ厚さになるようにチーズに慎重に包丁を入れてカットし、スライスした秋田の漬物として有名ないぶりがっこに載せていく。それらを萩焼の皿に並べて盛りつける。

盛りつけ終わると、真紀は息を吐いた。自分の口に入るものではなく客の口に入るものだけに、作業の一つ一つの工程に気が抜けない。

隣で目を光らせている直子へ顔を振り向ける。包帯で巻かれた右手をかばうように左脇に差し入れた格好の直子は、いいわ、というふうに笑顔でうなずいた。

厨房の奥では、裕次郎がせわしげに茶そばを鉄板で焼いている。

山口で生まれ育った裕次郎は、郷土料理の「瓦《かわら》そば」を提案し、それをアレンジした「信州風瓦そば」をメニューに載せている。牛肉のかわりに鶏肉を使った松本名物山賊焼き風の唐揚げをつけて、そこに錦糸卵やもみじおろしや青ネギを散らして、きれいに盛りつけている。屋根瓦の形の陶器の皿は、器にこだわる直子が焼き物の街を巡って探し揃えた。そのボリューミーな「信州風瓦そば」がとくに若者層に受けて、食欲旺盛な学生や育ち盛りの子供のいる家族連れが「秋山」を訪れるのだという。

「おまちどおさま。いぶりがっこチーズです」

料理の皿を四人がけのテーブルに運ぶ。玉ねぎのカレー漬けのお通しが、小鉢ですでに出されている。冷蔵庫に作り置きしてあったものだ。

「今日のチーズは何？　クリームチーズとは違うみたいだけど」

手前の六十代に見える女性が聞いた。今夜の予約客の一人だ。同世代のふた組の夫婦らしい。予約は四名で、「丸山《まるやま》」の名前で入っていた。

「『バッカス』というセミハードタイプのチーズです」

覚えたての知識を、ちょっと得意げに答えてみる。

「どこの？　フランス？　イタリア？　スイス？」

「いいえ、日本のです。ここ松本の」

「えっ？」

質問した女性が目を見開く。「松本でチーズを作っている人がいるの？」

「『清水《しみず》牧場』のチーズ工房で作られているんです。北アルプスの自然の青草と湧き水で育ったブラウンスイス牛の乳で作られるチーズで、手間暇かけて作っています。毎日チーズの表面を手作業で磨き、熟成に九か月以上かけるため、味に深みが出ます。市内のお店でも販売しています。いつも入荷しているとはかぎりませんけど」

店を手伝うにあたって、予備知識を取り入れておいた。自分と姓が同じ地元の牧場で作られたチーズを、真紀は誇らしく思った。

「チーズ専門店。知ってるわ」

と、質問した女性の真向かいに座った女性が受けた。「『ジュレ・ブランシュ』じゃなかったかしら。大手《おおて》にある蔵造りのすてきな建物のお店よね」

「ええ、そうです」

「へーえ、知らなかったなあ」

と、質問した女性の隣の夫が感心したように太い首を振る。「松本に長く住んでいても、案外、地元の人間のほうが知らないことが多いもんでね」

「ホント、外から来た人に教えられることのほうが多いよね。松本の街を隅々まで注意深く観察しているというか」

妻も言い、夫と顔を見合わせてから、「ここを教えてくれたのも、松本《まつもと》さんご夫婦だったし。上土通りに新しく開店した小料理屋さんがあるよ、ってね。それで、入ってみたのが最初」と、前に座る二人に視線を移した。

——松本さん？

その名前に覚えがあり、真紀は女性の顔を見つめた。おぼろげな記憶がよみがえる。

「ここのママさんも、わたしたちと同じように東京から引っ越してきた人だとか」

と、松本さんと呼ばれた女性がカウンターへ顔を向けて言った。

——東京から移住してきた松本さんって……。

ぼんやりしていた記憶が輪郭《りんかく》を帯びてきた。春に市内の地元新聞社のビル内で「移住希望者のための説明会」が開かれたが、移住者の中に「松本」姓がきっかけで松本への移住を決めたという夫婦がいた。壇上で体験談を語ったあのときの男性が、目の前にいる男性と似ている気がする。だが、自信がないので、真紀は静観することにした。

「でも、ママさんの出身は秋田だとか。それで、秋田の料理を出しているのよね」

と、丸山姓の妻が言う。

「で、息子さんは山口にいたのが長かったから、山口の料理も出していて、それでお店の名前が二つをくっつけて『秋山』なんでしょう?」

と、松本姓の妻も説明を補う。

「いいよね。母と息子でお店を持つなんて。うちの息子なんか千葉に家を建てて、全然帰ってこないもの」

と、丸山姓の妻の口調は愚痴っぽくなる。

直子と裕次郎とは血のつながりがない。直子の死んだ夫が山口に単身赴任中、親密な仲になった女性とのあいだに生まれた子が裕次郎である。だが、そのあたりの事情は客には知らせていない。

「その話は、いまはいいずら」

と、丸山姓の夫が横からたしなめて、「それより、サッカーの話をしようや。ビールの次は何飲むかい?」と、身を乗り出すと同時に真紀へと顔を振り向けた。

「日本酒が取り揃えてございますが」

お品書きが貼られた壁を指差すと、

「辛口がいいずら？」

と、丸山姓の夫が松本姓の二人に聞いた。

「『大信州《だいしんしゅう》』の辛口がございます。『夜明け前《よあけまえ》』も『白馬錦《はくばにしき》』も」

信州の日本酒を先に勧めておいて、「秋田なら、純米吟醸の『山本《やまもと》』と『まんさくの花』がございます。山口の『五橋《ごきょう》』や『獺祭《だっさい》』も用意してありますが」

「じゃあ、まず地元の大信州からいきましょう」

松本姓の妻が声を弾ませて、丸山姓の妻も「いいね」と賛同する。

——確か、山歩きが趣味の女性だったっけ。

真紀は、「移住希望者のための説明会」での松本さんの体験談を思い起こした。夫婦の共通の趣味は、音楽鑑賞ではなかったか。

「それから、秋田のあれと、山口のあれ」

この店の常連らしい丸山さんの夫が、カウンターの向こうの直子に聞こえるように声を張り上げて注文する。

「かすべのからぎゃ煮とけんちょうですね」

直子が明るい声で、カウンターの奥から「あれ」を料理名に翻訳する。

「信州風瓦そば」を家族連れに出して戻ってきた裕次郎が、厨房に戻るなり調理にとりかかる。

かすべとはエイの乾物のことで、干したかすべを甘辛く煮た秋田の郷土料理だ。けんちょうは、大根やにんじんなどの野菜を切って、潰した豆腐と混ぜて煮ただけの山口の家庭料理で、山口で生まれ育った裕次郎がいまは亡き母親によく作ってもらったものだという。「秋山」では、信州風にアレンジして豆腐のかわりに凍《し》み豆腐を使うこともあるが、やはり普通の豆腐のほうがこの料理との相性はいいようで、「山口版を」とリクエストされることが多いという。どちらも、真紀はこの店で試食済みである。

秋田や山口の郷土料理を売りにした店ではあるが、食材は地場産を心がけている。「信州風瓦そば」に使う茶そばも隣の塩尻《しおじり》市の食品会社から仕入れているし、使う野菜のほとんどは松本市やその近隣で採れるもので、刺身に添えるわさびは穂高《ほたか》産である。もちろん、松本名物の馬刺しや山賊焼きもメニューに載せている。

真紀は、注文を受けた料理を次々と五つあるテーブルに運んだ。人気急上昇中のきのこ、白ヒラタケのバター炒めを丸山さんと松本さんのテーブルに運ぶと、サッカー談義で盛り上がっていた。

「お姉さんは松本の人？」

顔を赤くした丸山さんの夫に聞かれ、

「いえ、夫の転勤でこちらに。出身は横浜です」

と答えると、

「おおっ、じゃあ、横浜Fマリノス推しかや？」

と、即座に返される。

「ああ、ええ、いちおう。でも、いまは松本山雅を応援しています」

社交辞令でそう答えておく。すると、どっと座が沸いた。

「ママさんはブラウブリッツ秋田で、息子さんはレノファ山口ね」

丸山さんの妻もサッカー好きらしい。Jリーグのチーム名に明るい。夫と真紀のやり取りを踏まえて、「でも、いまは二人とも松本山雅を応援中だって」とつけ加えて、また笑いを誘う。

ふた組の夫婦を含めたテーブルの客たちと、遅くに寄って「信州風瓦そば」をつまみにビールを飲んで夕食とするのがほぼ毎日の日課、というカウンターの一人客が帰り、店の片づけが終わってひと息ついたのは十一時近くだった。

「真紀さん、ありがとう。今日は助かったわ」

テーブル席の椅子に座って直子が言い、「あれ、真紀さんに渡して」と厨房を振り返る。

「これ、忠彦君に。明日の弁当のおかずにすればいいよ」

容器に詰めた山賊焼きとかすべを持って、裕次郎が出てくる。

「ありがとう」

受け取って、真紀はにっこりした。

家で一人――いや、一匹で留守番しているニシンが心配になったのか、「そっちに寄ろうかと思ったけど、今日はまっすぐ家に帰って、炒飯《チャーハン》でも作って食べるよ」と、忠彦からLINEがきていた。

「早く治さなくちゃね」

直子が怪我をした右手を睨《にら》むようにしたのを見て、

「だから、言ったじゃないか。無理して自転車なんか買わなくても、って」

と、裕次郎が口を尖らせた。

「あら、だって、買い出しを裕ちゃん一人にさせておくのは心苦しいもの。わたしだって、自分の目でいろいろ選びたいし」

いつのまにか、直子は、血のつながらない息子を「裕ちゃん」と呼ぶようになっている。

裕次郎には直子が買い与えた車がある。

「直子さん、自転車、気をつけて乗ってくださいね」

別れ際にそう声をかけて、真紀自身も自転車に乗って家路を急いだ。「茶トラ失踪事件」の解決後に、忠彦と共用できる自転車を購入したのだった。

——人の役に立つって、こんなにも楽しいものなのね。

——働くって、やっぱり、気持ちいいな。

空にぽっかり浮かぶ月を眺めながら、真紀は、達成感と爽快感に心が満たされていた。

第七章　姉妹の視点と猫の視線

1

柿本直子の手の怪我は、二週間で治った。したがって、真紀の手伝いも二週間で終わりとなった。

週末に大阪出張が入った忠彦は、久しぶりに奈良の実家にも顔を出したいという。

朝、忠彦を送り出したあと、真紀は虚無感に襲われた。働きたい、と切実に思った。このままでは、自分だけが社会から取り残されてしまう。そんな焦燥感が身体の底からわき上がってくる。

「ニシン、あなたを相手に遊んでいるのも飽きたしね」

朝ご飯をあげても、ニシンは真紀の足に頭をスリスリしてきたり、膝に飛び乗ったりしない。真紀には塩対応のニシンである。

狭いアパート内の家事などすぐに終わる。ハローワークで仕事を探そう。そう決めて家を出ようとしたとき、妹の芽衣から電話がかかってきた。

「いま、あずさに乗って松本に向かっているんだけど」

「ずいぶん早く家を出たんじゃない？　会社はどうしたの？」

「有休がたまっているからね。それに、一度、松本の引っ越し先、見てみたかったし」

何よりも仕事を優先する芽衣が、単に姉夫婦の移住先を見るためだけに有給休暇をとるとは珍しい。何かある、と真紀は直感した。

松本駅には昼前に着くという。「迎えに出ようか」と言ったら、「いいよ、大体、場所はわかるから。食べるものも持っていく」という返事が戻ってきた。

十二時を少し回って、芽衣がアパートのチャイムを鳴らした。

「はい、これ。お昼まででしょう？」

ドアを開けるなり、パンの入った袋を真紀に差し出した。駅ビルに入っているベーカリーの袋だ。

「それから、横浜のおみやげ。芸がないけど、『崎陽軒《きようけん》』のシウマイ」

続いて、生まれ故郷の名物の手みやげも渡された。

「ありがとう。嬉しい。おかずがないときに重宝するからね」

妹と顔を合わせるのは祖父の見舞いのために帰省したとき以来だが、そのときと顔の印象が変わった気がした。全体的にふっくらしたような、部分的にやつれたような印象を受けた。やつれて見えるのは、目の下にわずかに生じた隈《くま》のせいかもしれない。

「早かったね」

汗をかいたり、息が上がったりした様子もない。芽衣は「タクシーに乗ったから」と短く答えると、「思ったより広い部屋じゃないの。ダイニングキッチンが広めだね」と、話題を住まいに転じた。

「松本だからね、横浜よりは住宅事情はいいわ」

部屋に入るなり、芽衣は「ああ、疲れた」と、ダイニングテーブルの椅子にどかっと座り込んだ。

「コーヒー、いれるね。それとも、何か飲む？　缶ビールならあるけど」

酒好きな芽衣である。姉妹ともにイケる口だが、妹のほうが強い。

「ありがとう。でも、やめとく。昼間飲むと眠くなるし、夕方帰るから」

「えっ、泊まっていかないの？　忠彦が出張中でいないし、ゆっくりしていけるでしょう？」

「あ、ああ、うん。でも、やっぱり帰る。お姉ちゃんに話があって来ただけだから」

その言い方で深刻な話なのだ、と真紀は察した。台所に行き、二人分のコーヒーをいれてテーブルに運ぶと、駅ビルで買ったというカレーパンとメロンパンとクリームパンとデニッシュパンが並んでいた。

「好きなの、食べて」と、芽衣がそれらを押し出すようにして姉に勧める。

「芽衣はこれでしょう？」

妹の好みは熟知している。カレーパンとクリームパンを押し戻すと、

「ああ、いまはいい。電車の中で、遅い朝食を食べたから」

と、芽衣はかぶりを振る。

「そう？　じゃあ、いただくわ」

カレーパンから食べ始めると、その口元をじっと見つめる芽衣の視線に気づいた。少し顔を歪めている。

そのカレーの匂いに惹かれたのか、十センチほど開いた寝室のドアからニシンが現れた。

「キャッ」

と、突然出現した柔らかい黒毛と白毛の塊に、芽衣が驚いて小さな叫び声を上げた。それにニシンも驚き返して、ハッとしたように身を硬くし、背を起こした。

「雌猫のニシンよ。期間限定で里親になっている、って伝えたでしょう？」

芽衣にはＬＩＮＥで写真も送っている。

「頭から抜け落ちてた」

芽衣は肩をすくめて、ため息をついた。

「芽衣、子猫や子犬は好きだったでしょう？　スマホのアルバムにたくさんかわいい動物たちの写真を保存していて、見せてくれたじゃない」

胆石の手術で入院した祖父の見舞いに行ったとき、久しぶりに姉妹で酒を飲み交わす時間を持った。

それ以来、実家に帰省してはいない。夫婦で立て続けに夏風邪をひいてしまい、横浜にも奈良にもお盆の帰省ができないままでいた。それで、忠彦は、大阪出張に実家への帰省をつけ足したのだろう。

「あ……ああ、そうだね。猫は好きだけど」

好きと言いながらも、手招きしてニシンを呼び寄せたり、声をかけたりしようとはしない。いまの妹にはそんな心の余裕はないのだ、と真紀は悟った。

それきり、真紀がカレーパンを食べ終えるまで、芽衣は黙っていた。

コーヒーで口の中のカレー味を消して、「で、わたしに話したいことって何？」と、真紀から切り出した。

「お姉ちゃんは、子供はつくらないの？」

芽衣は、それには答えずに質問を返してきた。

「そろそろかな、とは思っているけど」

「でも、松本で産むのはためらわれる？　近くに育児に手を貸してくれる人がいないから？」

手を貸してくれる人というのは、普通に考えれば出産する本人の母親だろう。

「忠彦君はどうなの？　子供、ほしがらない？」

年上の義兄を君呼びする芽衣である。

「わたしが迷っているの。このあいだまで知り合いの小料理屋の手伝いをしていたんだけど、やっぱり、働くのって楽しいな、と思ってね。できれば、先に仕事を見つけて、それから子供のことを考えたいかな」

「そうなんだ」

芽衣は、そう言ってため息をついた。

「芽衣みたいに専門性の高い仕事でなくても、自分が社会の役に立っている、って意識が大事なんだと思う」

こちらが本音を話せばあちらも話しやすくなるだろう、そう考えて選んだ言葉だった。

「わたし、子供ができちゃったんだ」

唐突に、芽衣が告白した。

やっぱり、そうか、と真紀は思った。頬がふっくらしたのに目の下に隈ができてやつれて見える表情とか、健脚なのに駅からタクシーを使ったこととか、食欲のなさとか、昼飲みもＯＫなのにアルコールを控えたり、カレーの香辛料の匂いを敬遠したりする様子などから、もしかして妊娠したのでは、と推測したのだった。だが、不意をつかれて、言葉がとっさに出てこない。

「驚いた？」

「あ……ああ、まあね。順番としては『誰の子？』って聞くべきかな」

真紀は、少しおどけた口調を用いて言った。

「妻子がいる人じゃないから、安心して」

芽衣は、弱々しい笑みを口元に浮かべた。

「ちょっとホッとした」

真紀も小さく微笑み返すと、「職場の人？」と聞いてみた。

「ううん」

芽衣は首を左右に振って、「高校の同級生で、新潟《にいがた》の大学に入って、あっちで就職したんだけど、お盆で帰省していたときに再会したの」と、声をやや落としぎみにして続けた。

「そう。じゃあ、同い年か」

真紀と忠彦の関係と一緒ということだ。「でも、お盆で再会して、その……そういう深い関係になるって、ずいぶん早いんじゃない？」

「まあね。高校のときからわたしのことが好きだったとか言われて、舞い上がったというか……」

「仕事は？」

「電気関係の仕事」

「芽衣とはまったく違う畑ってこと？」

「そうだね」

芽衣の口調が重たくなる。

「お父さんとお母さんには？」

わかっていたことではあったが、確認してみた。やはり、芽衣はかぶりを振る。

「子供をどうするか、わたしに相談しに来たわけ？」

ふたたび芽衣は首を左右に振ると、「もう決めてる」と答えて、「産むつもり」と言葉を続けた。

「産むって……仕事は？」

仕事に邁進《まいしん》し、キャリアを積み重ねることを目指していたのではなかったのか。

前回帰省したとき、芽衣は、学生時代から尊敬していたという優秀な先輩の話を聞かせてくれた。博士課程に進んで大学に残り、将来の教授職を嘱望されていた先輩は、結婚後も研究活動と家庭を両立させていたという。ところが、同じ研究者の夫がよその大学に准教授のポストを用意されて引き抜かれるなり、大学を辞めて、夫について行ってしまった。あっさりキャリアを捨てたことに芽衣は失望し、新しい地で出産してわが子の写真を頻繁にＬＩＮＥで送ってくる彼女にさらに失望したのだという。

「もちろん、仕事もそのまま続けるよ」

「だけど、出産したら子育てがあるし、彼のほうは新潟なんでしょう？　結婚生活はどうするつもり？」

「『ぼくが会社を辞めて、横浜で新たに仕事を見つける』って、彼が言ってくれたの。いま持っている資格があれば、仕事はわりと簡単に見つかるみたい」

「本当に、彼がそう言ったの？」

「そうよ」

「いくら資格があるからって、そんなにあっさり会社を辞められるものなの？　彼なりに積み重ねてきたキャリアがあるはずだし」

少なくとも、真紀はそうだった。忠彦の松本への転勤が決まったとき、やりがいのある好きな仕事だっただけに、会社を辞めるか否か、悩みに悩んだ。結果的に退職を選んで彼の転勤についてきたが、いまでも心残りはある。

「彼はキャリアとかにはまったくこだわらない人なの。もともと実家はこっちにあるわけだし、いまの職場に不満があって、地元に帰りたかったみたいでね。彼の両親も絶対喜ぶと思う」

「じゃあ、新居は？　両方の実家の近くで探すの？」

胸のざわつきが生じ始めた。

「それで、親に話す前に、まずお姉ちゃんの許可を得ようと思って来たんだけど」

芽衣の声に甘えと遠慮が混じった。「『うちの実家に一緒に住む』と言ったら、どう思う？」

「どうって……」

胸のざわつきが動悸に変化した。

「二階をリフォームして、キッチンを造って水回りを充実させて、二世帯住宅みたいにしたいの。彼の実家は、すでに妹が結婚して一緒に住んでいるっていうし。子供が二人いるんですって。だから、住むとしたらうちの実家しかなくて。ねえ、どう思う？　いいでしょう？　お父さんだって、結婚してお母さんが生まれ育った家に入ったわけだし、わたしがそうしてもおかしくないでしょう？　わたしたちが住めば、将来、実家を空き家にしなくて済むわけだし、合理的だと思うんだけど」

真紀の頭は混乱していた。確かに、真紀と芽衣の母親は、福島から上京して大学に入った男性と知り合い、それぞれ違う会社に就職したものの、数年後の同窓会で交際が復活して結婚し、自分の実家を新居とした。いわば、真紀と芽衣の父親は、アニメの「サザエさん」に出てくる「マスオさん」と同じである。芽衣が祖父母と父母と一緒に住む横浜の実家の玄関には、いまだに表札が二つかけられている。

「二階をリフォームしたら、お姉ちゃんが使っていた部屋はなくなっちゃうことになるし――って、いまもわたしが倉庫に使っているようなものだけど――、実家に帰りにくくなるかな、とちょっと思ったりしてね。だから、いちおう許可を得ておこうと思って」

たたみかけるように言葉を継ぐと、芽衣は照れくさそうに笑った。

「わたしの許可を得る前に、もう決めているんでしょう？」

昔から何事も計画的に進めてきた芽衣である。高校三年生になって漠然と「文系に進もう」と決めた真紀とは違って、早くから自分のやりたいことを明確にし、「大学では化学を専攻して、将来は研究職に就く」と宣言していた。芽衣には決断力と行動力も備わっている。

「決めてはいるけど……反対しないよね？」

「するわけないでしょう」

姉として寛容なところを見せようと微笑みながら返したが、その顔がこわばった。

「よかった」

芽衣は、大げさに胸を撫で下ろすしぐさをする。「いまさら『ダメ』って言われたらどうしよう、って心配していたんだ。でも、大丈夫だからね。わたしたちが同居しても、あそこはお姉ちゃんの実家でもあるんだから、遠慮せずにいつでも好きなときに帰ってきてよ」

姉に話しただけで、まだ同居することになる祖父母や両親に、結婚することはおろか妊娠したことすら打ち明けていないのである。もっとも、こちらも、祖父母や両親ともにいまさら「ダメ」とは言えないだろう。それどころか、「結婚して家に入ってくれるなら」と、諸手を挙げて賛成するかもしれない。

「身体は大丈夫なの？　つわりとかあるんじゃない？」

計画的に事を進める芽衣の勢いに圧倒されながらも、やはり姉として妹の体調は心配になる。香料にまつわる仕事をしている芽衣である。

「ちょっとね。一時的なものだと思うけど、いまは香辛料の匂いが苦手なの。だから、体調が悪いときは堂々と有休をとろうと思うし、出産してからの育児休暇もしっかりとろうと思う。ああ、彼も育休をとるって言ってる。そんなわけで、遅ればせながらわたしにも働き方改革がやってきたってことね。いままでのようにバリバリ働くのはやめる。好きな仕事が続けられれば、それで充分」

芽衣は、そう言って舌を出した。

そこも芽衣なりに計算した上での合理的で堅実な人生設計なのだろう、と真紀は思った。

「あーあ、よかった。肩の荷が下りた感じ」

芽衣がぐるぐると両肩を回してみせると、その動きにつられたようにニシンがはじめて甘えた鳴き声を上げた。そして、芽衣の足元に寄ってきて、頭をスリスリさせた。

「この子、わたしのお腹に赤ちゃんがいるのがわかるのかな。不思議だよね。何だか母性本能がわいてきたみたい」

芽衣がニシンを抱き上げる。ニシンもされるままになっている。

「よく見ると、この子、かわいいじゃない。黒と白の毛にくっきり分かれていて、ハチワレのシンメトリー猫ちゃんだ」

芽衣が「ねえ、そうだよね」と話しかけると、ニシンがそれに応じるようにまたニャアオと鳴いた。

胸の動悸が激しくなり、真紀は、妹と飼い猫から目をそらした。

2

「くれぐれも身体に気をつけてね。無理しないで。みんなによろしく伝えて」

電話で呼んだタクシーに乗り込んだ芽衣を見送るなり、表通りからアパートに戻った真紀は、玄関で脱力して座り込んだ。平静を装っていたが、もう限界だった。高鳴り続けていた胸を手で強く押さえる。が、動悸は鎮まらない。

――何もかも、妹に先を越されてしまった。

焦りや嫉妬や羨望《せんぼう》の感情が入り混じり、息苦しくなった。

――子供なんてほしくない。

――お姉ちゃんが甥《おい》っ子か姪《めい》っ子を産んでくれれば、それでいいよ。

そう言っていた芽衣が、姉の自分より先に出産するという。結婚して実家で祖父母と両親と同居するとなれば、出産後も彼らに育児の手助けをしてもらえる。一年間の育児休暇をとるとなれば、男性並みに働いた上での出世は望めないかもしれないが、いまの仕事は続行できる。

——芽衣は、何もかも手に入れたのだ。

専門性の高いやりがいのある仕事、自分の都合に合わせてくれる理解ある夫、リフォームされた住み慣れた新居。そして、子供……。

小さいころから「美人姉妹」と、ご近所のひいき目もあるとはいえ、うわさされていた真紀と芽衣である。

対等に歩み続けてきたはずの姉妹だったのに、どこでどう差がついてしまったのだろう。

真紀は、いままでの人生を顧みた。

高校までは成績もほぼ互角だった。真紀は理系の科目が苦手ではあったが、模試の平均点を大幅に下回るほど悪かったわけではなかった。突出して点数のいい科目もなかったが、小さいころから本を読むのが好きだったので、文系以外の進路は選択肢に入れなかった。国立大学も受けるつもりだったが、センター試験の数学を失敗したため、二次を諦めて都内の私立大学に進んだ。

そこで知り合ったのが忠彦だった。文学部と法学部と学部は違ったが、読書サークルで一緒になり、何人かで集まって会食したり、旅行したりする交流は卒業まで続いた。とはいえ、在学中、二人きりでデートしたことは一度もなかった。

交流が復活したのは、二十五歳を過ぎたころから始まったサークル仲間の結婚ラッシュがきっかけだった。真紀と忠彦は、サークル仲間の三人目の結婚披露宴の席で同じテーブルになり、二次会の会場から二人きりでバーに流れた。二十九歳のときである。そこでの話題はもっぱら好きな小説にかぎられた。たまたま真紀が読んでいた推理小説を忠彦がその朝読み終えたばかりと知って、〈わたしたちは赤い糸で結ばれている〉と、少女漫画のように大げさに解釈してしまった……。

とにもかくにも、夫選びは間違っていなかった、と真紀は信じている。芽衣の夫にはまだ会ってはいないが、忠彦のことはどこに出しても恥ずかしくない夫だと思っている。

聡明でやさしい男性と出会い、幸せな結婚をした。少なくとも、その時点では独身の芽衣よりも優位に立っていると思い込んでいた。ところが、その芽衣が結婚も子供も手に入れるという。

——妹には仕事ひと筋に生きてほしかった。

本心ではそう望んでいた自分に、真紀は気づいた。

真紀と同じ高校に進んだ芽衣は、三年生になってラストスパートをかけたかのように急激に成績が伸びた。とりわけ理数系の科目の点数が飛躍的にアップした。芽衣が通っていた進学塾の講師の予想が的中し、センター試験の結果は想像以上の高得点だったという。芽衣は、難関国立大学の理学部に合格した。将来は大学院に進んで、企業の研究職に就きたいという彼女の夢は、真紀も含めて家族全員が承知していた。

妹を応援する気持ちにうそ偽りはなかった、と誓って言える。純粋な心で応援していた。彼女から妊娠を告げられた今日までは。

——姉のわたしが妹に勝《まさ》っていると言えるのは、身長くらいのものか。

真紀は、自虐的に内心でつぶやいた。同じ両親から生まれたのに、真紀は女性にしては高めで、芽衣との身長差は十センチ近い。

好きだった仕事も捨てて夫について知らない地方都市に来て、いまだに仕事に就かずにいる。三十三歳になるのに子供をもつ自信も勇気もないままだ。妹の幸せを願うのが姉としての役目なのに、こんなふうにやっかんだり僻《ひが》んだりしている。何てわたしは心が狭いのだろう。妹をライバル視している自分は、おかしいのだろうか。真紀は、自己嫌悪に陥った。

里親になった飼い猫にもなつかれずにいる。猫は人間の言葉が理解できないかわりに、身体全体からにじみ出る感情を読み取る能力に長《た》けている。そう言った人がいた。

――わたしの全身から鬱屈した黒い感情が噴き出ているのを、ニシンが察知したのかもしれない。

それで、敬遠して、わたしに近寄ってこようとしないのではないか。そんなバカバカしい考えまで頭をよぎってしまう。

「マイナス思考はよそう」

真紀は声に出すと、邪念を追い払うように首を振って顔を起こした。

その瞬間、ハッと胸をつかれた。

閉めたつもりでいたのに、玄関のドアがわずかに開いている。三和土《たたき》に置いてあったサンダルの片方がドアに挟まれて、壁とのあいだに隙間が生じていたのだ。

立ち上がると、背後を振り返った。不穏な空気が漂っている。

「ニシン、ニシン」

飼い猫の名を呼んでみる。

返事はない。物音もしない。

「ニシン、どこにいるの？」

寝室と書斎、洗面所やバスルームの浴槽やトイレの便器の中まで探したが、ニシンの姿は見あたらない。開いている窓は一つもない。

――まさか……。

玄関に戻る。ドアの隙間は、身体の柔らかい猫であれば充分すり抜けられるくらいの空間だ。場違いに、「猫は液体である」という通販雑誌の秀逸なキャッチコピーを連想した。

――片瀬敏子さんから預かった大切な猫なのに。

青ざめた真紀は、スマートフォンを手にすると、ニシンを探すために外に飛び出した。

第八章　猫の本能とヒトの理性

1

――ニシンが行方不明になりました。

――夫が出張から帰るまでに、一緒に探してくれませんか？

真紀がＬＩＮＥでＳＯＳを出したのは、友人の河合晴香と「秋山」の柿本直子の二人だった。

晴香からは、「それは大変！　仕事が終わり次第メールするね。琴音のお迎えは夫に頼んで、一緒に探すよ」と返信があり、直子からは、「わたしは夜の仕込みがあってダメだけど、裕ちゃんは夕方まで身体があくから」と返ってきた。晴香は、娘の琴音を保育園に預けて、夫婦ともに自宅でリモートワークをしている。

アパートの西側には松本蟻《あり》ヶ崎《がさき》高校がある。真紀が高校の周辺を捜索しているときに、裕次郎が迅速に自転車を走らせてやってきた。

「ほら、捕獲用のキャリーバッグ、調達してきたよ」と、自転車を停めるなり、真紀が運搬用に持っているのと同種のものを掲げてみせた。

宮田文枝の家でも片瀬敏子の家でも、室内で飼われていたニシンは、外の世界に慣れていない。怯《おび》えて近寄ってこない可能性を考えて、飼い主の真紀も軽量のキャリーバッグを用意してきていた。中には、ニシンの匂いのついたミニタオルも入っている。自分の匂いをキャッチして、隠れている茂みなどから誘い出されることもあるからだ。

「目のまわりが黒くて口と鼻のまわりが白い猫で、青い首輪をしていて、それから……」

「写真を送ってもらっているから、大丈夫、わかるよ」

裕次郎は真紀の説明を遮ると、「効率的に捜索しよう。猫の行動範囲は半径二キロくらいという説がある。ぼくはあっちのほうを探してみる。定期的にメールするよ」と早口で言葉を続けて、自転車を立ち漕ぎしながら坂道を上っていった。

そうだ、急いで見つけないといけない。道路に飛び出して、交通事故に遭っては大変だ。真紀は、居てもたってもいられない思いに駆られた。

「ニシン、ニシン」

腰をかがめて名前を呼びながら、ドウダンツツジの茂みやヒイラギの生垣などを注意深くのぞいてみた。猫はおろか、動くものは見あたらない。

蟻ヶ崎高校の近くの公園には、ふた組の親子連れの姿があった。幼稚園に上がる前の子供だろうか。真紀と同世代と思われる母親二人が、女の子二人を砂場で遊ばせている。

「すみません。青い首輪をつけた黒と白の猫を見ませんでしたか？　こういう猫です」

真紀は、スマートフォンの画像を見せながら、母親たちに聞いた。

「猫ちゃんですか？」

「おうちからいなくなったんですか？」

女性二人は首をかしげてニシンの写真を見ていたが、「見なかったですね」と、ほぼ同時に声を揃えて答えた。

礼を言って立ち去る。公園を抜け、振り返る。幼児二人がそれぞれの母親の膝にまつわりついていた。「手を洗わないと、服が汚れちゃうじゃない」と、一人の母親が我が子をたしなめているが、目を細めてやさしそうな表情をしている。

――わたしに子供ができたら、あんなふうに……。

彼女と自分を重ね合わせた次の瞬間、重ね合わせた自分の顔が芽衣のそれに変わった。

来年には芽衣も母親になる。そのとき、自分はどんな顔をして芽衣の子供に接すればいいのか。心からの笑顔が作れるだろうか。胸の中に不安が膨らむ。

教会を通り過ぎ、バス通りに出て、松本城方面へと下っていく。室内で飼われていた猫がこんなところまで来ないだろうという思いと、外の環境に慣れていないだけに、警戒心なく遠くまで行ってしまうだろうという思いが交錯する。

お城の近くまで来てしまった。ここに至るまで一匹の猫にも出会わなかったことに改めて気づき、捜索方法を変えるべきか、と逡巡《しゅんじゅん》したとき、裕次郎からメールがきた。

——これから買い出しがあるから、今日はここまでにする。そっちはどう?

こっちもまだ見つからない、と返事をしたら、今度は晴香から経過を尋ねるメールが入った。まだ行方不明であることを伝えると、「仕事を切り上げてわたしも探すから、どこかで待ってて」とすぐに返信がきた。

真紀も、探し歩いて足が棒のようになっていた。

上土通り近くの二人がはじめて会った場である古本喫茶「想雲堂」に入り、そのときに着いたテーブルで待っていると、十分もたたないうちに晴香が木製の扉を開けて入ってきた。

東京から移住してきた晴香は、夫婦ともに自宅で仕事をしているため、広めの中古住宅を松本城の東側に借りている。その晴香も同じようなペット用のキャリーバッグを手にしている。子供が生まれる前から自宅で黒猫を飼っている晴香である。

テーブルを見て「わたしにも同じものを」と、顔見知りになっている男性店主にブレンドコーヒーを頼むなり、隣の席にキャリーバッグを置いて身を乗り出した。

「忠彦さんはいつ帰ってくるの？」

「あさっての夕方以降」

「それまでに探さないとまずいの？」

「ああ、うん」

「ニシンがいなくなったこと、忠彦さんに知られたくないとか？」

「うん」

「心配かけたくないから？　怒られるから？　怒るような人じゃないでしょう？　いい知恵を貸してくれるかもしれないじゃない」

「でも……」

「知られたくない理由があるんだ」

真紀の顔色から察したらしく、晴香は乗り出していた身を背もたれに戻した。

ブレンドコーヒーを運んできた長身の店主は、客二人がともにペット用のキャリーバッグを持っていることに関しても、どちらも空であることに関しても、何も聞かずに「ごゆつくり」とだけ言って、カウンターの中に戻った。カウンター席には、コーヒーを飲みながら本を読んでいる女性客がいる。女性が一人でも入りやすい居心地のいい店なのだ。

「笑われるかもしれないけど」

真紀はそう前置きして、突然、横浜からやって来て嵐のように帰っていった妹の話を語った。妹の告白にショックを受けたこと、気が動転していたときにうっかり玄関のドアを閉め忘れ、気がついたらニシンの姿が消えていたことを伝えると、「そういうことだったのか」と、晴香は、合点がいったようにうなずいてため息をついた。

「忠彦には同性のきょうだいがいないから、わたしのこういう気持ち、理解してもらえないと思う。妹に嫉妬したり、引け目を感じたりするなんて、我ながら情けなくなる。彼には器の小さい人間だと思われたくないの」

忠彦は、姉と妹に挟まれた三人きょうだいで、男は彼だけだ。晴香には埼玉の実家に住んでいる独身の兄がいて、真紀のように同性のきょうだいはいない。したがって、「同性のきょうだいを意識し、嫉妬や羨望の感情に苛《さいな》まれる」という感覚は理解してもらえないのでは、と思ったのだ。

「兄が公務員って話はしたよね」

と、二度目の長いため息のあとに、晴香が自分の話題に触れ始めた。「うちの両親はともに教師。そういう環境で育って、小さいころから兄は、『自分も公務員になる』って言っていたの。もともと優等生だったけど、県内の国立大学に在学中に一生懸命公務員試験の勉強をして、見事に県庁に採用された。妹のわたしも当然、公務員を目指すと思われていたみたいで。その上、なぜか従姉妹《いとこ》たちも教師や官庁勤めばかりだったから、わたしが『美大に進みたい』と切り出したときは、まるで道をはずれたみたいに言われて。『だったら、少なくとも美術教師の教員免許は取るように』って、強く勧められてね。妥協して教職は取ったけど、教師になるつもりは最初からなかった。卒業して広告会社やデザイン会社を受けたものの、大手の企業にはことごとく落ちて。ようやく内定をもらったのが、名前の知られていない小さなデザイン会社。そしたら、両親も兄もいい顔をしなくてね。『そんなところ、いつ倒産するかわからない』とか、『長い目で見たら、臨時採用からのスタートでもいいから、教職に就いたほうがいい』とかうるさく言われたわ」

「晴香さんの家系は、いわゆるお堅い職業が多いのね」

「まあ、そういうことだね」

晴香は首をすくめると、「だから」と、接続詞を強調してからさらに続けた。「同性だろうが異性だろうが、きょうだいは比べられる宿命を背負っているってことね。じゃあ、どうすればいいか。気にしないこと。姉は姉。妹は妹。わたしはわたし。自分の道を信じて進むのみ」と結論づけると、どうぞこちらへ、と促すように真紀を手招いた。

「姉は姉。妹は妹。わたしはわたし。自分の道を信じて進むのみ」

晴香がまとめてくれた言葉を繰り返しているうちに、気持ちがだいぶ落ち着いてきた。

「そうだね。自分の道を信じて進むしかないよね。晴香さん、ありがとう」

大きく息を吐いて、真紀はコーヒーカップを手にした。古書を愛する店主がていねいにいれてくれた一杯のコーヒーが、さらに気分をほぐしてくれる。ここのオーナーも松本の街が気に入って、山梨県から移住してきた人間だ。

アパレル商品のタグのデザインをする仕事に就いている晴香である。専門性の高い仕事という点では、妹の芽衣と同じだ。知的で明るい性格で、センスもよく、適切なアドバイスをくれる晴香と松本で出会ったことは、得難い貴重な財産だと真紀は思っている。

けれども、そんな晴香でさえ、妊娠中は不安定な精神状態に陥ったのである。つわりがひどくて休職していたとき、同じ空間で順調にリモートワークを進める夫の賢人に嫉妬を覚えてしまったという。

まさに、いまの真紀と同じだ。社会から、まわりの親しい人たちから、自分だけが取り残されるのでは、という焦燥感や不安な気持ちを抱いている。

「じゃあ、いい？　気持ちを切り替えて作戦会議」

真紀の気持ちが落ち着いてきたのを察知したのだろう、晴香が語気を強めた。「真紀さんはお城の西側、わたしは東側を日が暮れるまで探す。猫は本来、眠っている時間が長いとされ、日没直前と明け方に活動が活発になると言われているけど、ニシンはずっと家の中で飼われていたから、人間寄りのリズムが身についていると思う。それに、外の環境に慣れていないし、自分の匂いもついていないから、よその猫の縄張りを意識してあまり動き回らないはず。間違っても、東京まで行ったりはしないから大丈夫。きっと見つかるよ」

「東京まで……行くかもしれない」

不安そうな顔色の友達を元気づけるための冗談を言ったつもりだろうが、効果はなかった。トラックの荷台に乗って遠くまで運ばれでもしたら……と、逆に悪いケースを思い描いてしまった。

——東京都北区赤羽の家からいなくなった飼い猫が、三か月後に二百三十キロ離れた長野県松本市で保護された。

あの事件が脳裏によみがえる。まさにその事件——茶トラ失踪事件がきっかけで、夫婦ともにミステリー好きな晴香と賢人は、東京から松本への移住を決めたのである。その謎を解くために。

もっとも、謎を解いたのは、お腹が膨らみ始めていた晴香ではなく、フットワークの軽かった真紀だった。推理力抜群の忠彦の力を大いに借りたから、結果的には夫婦で謎を解いたと言えるだろう。茶トラが保護されたのは、ここから少し東に行った先の、昔裏町《うらまち》と呼ばれていたあたりで、保護したのは薬局を営む女性薬剤師だった。

「日が暮れるまでに探せなかったら、プロに依頼したほうがいいと思うよ」

と、晴香が強い語調に戻して言う。

「そうね。ペットの捜索のプロに頼むなら、早いほうがいいよね」

「それで、メモしてきたの」

晴香が、紙切れを差し出した。

移住者としてはもちろんのこと、猫の飼い主としても晴香は先輩である。子供が生まれる前から飼っている黒猫アミカの存在が、妊娠して精神状態が不安定だった晴香をだいぶ元気づけてくれたという。

「わかった。暗くなっても見つからなかったら、ここに連絡するね」

真紀は、「ペット探偵」と肩書のある代表者の名前が書かれた事務所の連絡先を確認して言った。

2

古本喫茶「想雲堂」を出て、晴香と二手に分かれた真紀は、来たときとは違う道を選んでアパートを目指した。一度家に寄って、ニシンが使っていたトイレ用の砂を取ってこようと考えたのだ。

家の中で飼われていた猫は、外界に慣れないため神経質になる傾向にあるという。たとえ飼い主の呼ぶ声がしても、あたりの暗がりに姿を隠したままでいる可能性が高い。アパートの周辺に少しずつ砂を撒《ま》いておけば、染みついた自分の匂いにつられて姿を現すかもしれない。

道すがら、茂みという茂み、生垣という生垣をのぞき、「ニシン」と呼びかけてみた。「ペットがいなくなったのですか?」「飼い猫をお探しですか?」などと、何人か通行人や住人から声をかけられたり、中には「一緒に探しましょうか?」と親切に言ってくれた人もいたりしたが、「すぐに見つかると思います」「ありがとうございます。でも、大丈夫です」と答えて切り抜けた。

角を曲がってアパートの建物が見えた途端、息を呑んだ。

自室のドアの前に、見慣れた色合いのオブジェが置かれている。

いや、置物ではない。ぬいぐるみでもない。本物だ。かすかに頭が動いている。

「ニシン！」

駆け出しそうになり、思いとどまった。短時間とはいえ過酷な外の世界を体験して、あちらも神経が高ぶっているはずだ。こちらの驚きや興奮が伝わって、また逃げ出してしまうかもしれない。

「よく帰ってきたね。偉いよ。いい子、いい子」

真紀は、そう口に出して褒めながら、慎重に自室のドアに近づき、鍵を開けた。

ゆっくりとドアを引く。

「さあ、ニシン。おうちにお入り」

逃げ道を塞ぐように片足をドアの外に出して、静かにかがみこむと、ニシンを声で誘導する。

誘われるようにニシンが室内に入ってくる。と、素早くドアを閉めて鍵をかけた。

「よかった」

安堵《あんど》の大きなため息をついた。帰ってきてくれた。ニシンには帰巣本能が備わっているのだろうか。やはり、そう遠くまで行っていなかったのかもしれない。

「あっ、待って」

外を歩き回ったのだから、肉球が汚れている。

タオルを持って追いかけたが、ニシンは足を拭かせようとはせずに、ダイニングキッチンを抜けて、本棚と机のある書斎へ入っていってしまった。ダイニングキッチンに面した二つの部屋のドアは、飼い猫が通れるように開放している。

「あなたのご主人さまは留守なのよ。あさってまで帰ってこないの」

ニシンが忠彦のパソコンが置かれたデスクに飛び乗ったのを見て、真紀は呆れ声で言った。どこまで忠彦のことが好きなのだろう。あいだをあけて置かれた真紀のデスクには見向きもしないのに。

「大事なものがあるかもしれないから、そこには乗らないで」

真紀の言葉が通じたのか、ニシンがデスクから椅子に、椅子から脇の背の低い本棚の上へと華麗に飛び移った。

その瞬間、本棚がぐらりと揺れて、文庫本の列に横差しにしてあった地図帳が一冊床に落ちた。狭いアパートに運び込める本棚のサイズにはかぎりがあったのだ。

「ニシン、あなたのご主人さまは、歴史やミステリーも好きだけど、地図帳オタクでもあるのよ」

そうニシンに語りかけながら、床に落ちた地図帳を拾い上げようとして、ハッとした。真紀も使っていた覚えのある『中学校社会科地図』と表紙に書かれた地図帳。そこにノートの切れ端のようなものが挟まっている。

引き出してみると、古いものらしく、黄ばんだ紙に数字が並んでいた。

——SI　1-52-20-19-147-148　IT　300

鉛筆で書かれた字で、指が触れてこすれたのか、ところどころ字が擦《かす》れている。

「何なの？　これ」

さあ、何でしょう、と突き放すように鳴き声を一つ上げ、本棚から床に下りると、ニシンはダイニングキッチンへと戻っていった。

推理小説好きの真紀である。暗号めいた数字やイニシャルの謎解きには、俄然興味を惹かれる。

——この数字って……。

ハイフンでつながれた三桁の二つの数字——147と148を見て、何かが閃《ひらめ》きそうになった。どこかで見た覚えのある数字だ。

しかし、いまはゆっくり推理を巡らせているときではない。

——とにかく、ニシンが見つかったことを知らせないと。

真紀は、ノートの切れ端を地図帳に挟み戻すと、ニシンが見つかったことをLINEで晴香と裕次郎に報告した。

3

「どちらかといえば、犬のほうがよかったけど、実物を見ちゃうとなあ」

そう言って子猫を抱き上げたのは、容子の夫の陽平だった。

まだ名前のついていない白とグレーのまだら模様の子猫は、筋肉モリモリの大人の男の腕に抱き上げられて、怯えたようにミャアミャアと甲高い声で鳴いている。それにはおかまいなしに、陽平は「おまえ、かわいいな、かわいいな」と、盛んに子猫に頬ずりしている。

「ぼくはどっちでもよかったよ。まあ、ワンコだと散歩できるから体力作りにはなったけどね」

ぼくにも抱かせてよ、と父親から子猫を抱き取ったのは、長男の和輝である。

「あら、あなたに任せたら、どうせ三日坊主に決まっているわ。結局、うちにいることの多いお母さんが散歩させることになるんでしょう？　それに、犬の散歩はマラソンの練習には向かないでしょう？」

「まあ、そうだけど」

「この子を拾ってきたのはぼくだよ。みんな、ぼくに感謝してよ」

家族を見回して口を尖らせながら言ったのは、次男の知輝である。

「そうね。知輝のおかげで新しい家族ができたんだから、『ありがとう』ってお礼を言わないとね」

今度は容子が子猫を抱き取り、子猫と一緒にぺこんと頭を下げると、知輝は照れくさそうに首をすくめた。

昨日、小学校からの下校途中、通学路の脇の駐車場で箱に入れられた子猫を見つけたのは、知輝と同級生の二人だった。箱の内側には「どなたか育ててください」と貼り紙があった。同級生の家にはすでに飼い猫がいる。それで、知輝が箱ごと自宅に持ち帰ったのだった。

「お母さん、これ、捨て猫でしょう？　ぼく、飼いたい。飼ってもいい？」

と、知輝は目を輝かせて容子に頼んできたが、

「お父さんにも聞いてからね」

容子は、返事を保留にしておいた。

陽平が勤務する会社は、いちおう建設会社と名乗ってはいるが、地域密着型の会社だけに、土木や造園などの仕事も請け負っている。事業内容も公共事業から個人宅の物置設置や田畑の水路の管理までと多岐にわたっている。深夜や早朝の作業も多いため、月に数度、会社に泊まることがある。

猫を拾ったことだけでもまず伝えておこうと、昨夜宿直にあたっていた夫に電話したところ、「ペットがいれば家に潤《うるお》いが生まれる。子供たちの情操教育にもなる。いいじゃないか」と、あっさりと了解が得られた。

陽平が帰宅したのは今日の昼前で、それから寝室を暗くして仮眠をとった。それで、二人の子供が学校から帰宅してからの、飼うことを前提にした家族会議となった次第である。

「獣医さんによれば、生後三か月くらいの女の子、って話だったけど」

子猫を車で動物病院に連れていったのは、容子だった。性別の確認のほか、怪我をしていないか、病気は持っていないか、診断してもらい、今後の育て方についての注意事項を聞いてきた。家の中で飼うことが前提でも、避妊は必要だ。避妊についても尋ねてみたが、生後半年くらいたってからの避妊手術が適切だという。

「それにしても、誰が捨てたんだろう。ひどい人だよね」

「小学校のそばに置いておけば、誰かが見つけて育ててくれるだろう。そう期待して箱を置いたにしても、無責任だよな」

「一度に何匹も生まれて育てられなくなって、三か月たったところでもてあまして、一匹だけ捨てたのかも」

「保護猫の活動をしている団体に相談すればいいのに」

「そうできない事情があったのか、それだけの時間がなかったのか、切羽詰まった理由があったのか……」

「『どなたか育ててください』って書かれていた字はきれいだったから、そんなに悪い人ではないのかもね」

子猫を捨てた「犯人」についての推察を、各自が述べ合ってから、

「じゃあ、この子に名前をつけましょう」

と、容子は提案した。

「拾ったのはぼくだから、ぼくにつけさせてよ」

知輝が、また口を尖らせて言った。

色白で頰の柔らかい知輝である。容子は、赤ちゃんのころから次男の膨れっ面《つら》がかわいくてたまらない。だが、幼さの残る知輝も思春期を迎えたら、お兄ちゃんの和輝のように

徐々に大人の男の顔に変化していくに違いない。そう思うとちょっと寂しくなる。

「お父さんはいいぞ。知輝が名づけ親で」

「ぼくも」

と、和輝も父親に続いて、兄らしく寛容なところを見せる。

「じゃあ、グンマちゃん」

と、知輝が得意げに言った。

「グンマちゃん？　群馬に住んでいるから？　そんなの変だよ。ゆるキャラみたいで」

と、和輝が速攻、反対する。

「毛並みの色から名づけたらどう？　白とグレー。いまは、白髪を染めないグレーヘアが流行《はや》る時代だから、グレーとかシルバーちゃんとか」

容子が思いつきを口にしたら、

「お母さんはつけちゃダメ。名前をつけるのはぼく」

と、知輝がいっそう頬を膨らませた。

「小学校は、三県境の近くにあるんだろう？　だったら、どこに捨てられていた猫か、わかるような名前にすればいいよ」

「そうだね。じゃあ、三つの県で三県。そうだ、サンケンがいい」

知輝は、お兄ちゃんの和輝の思いつきには胸をつかれたような表情になり、手を叩いて賛成した。

「サンケン、男の子みたいだけど、呼びやすくていいんじゃないか」

陽平が言い、そうね、と容子も同意した。雌猫だからって、女の子っぽい名前でなくてもいい。

埼玉県と栃木県と群馬県の三県が交わる地点は、いまや観光名所になっていて、県境を示すために設置された記念プレートが盗まれる事件まで起きている。

「じゃあ、ぼくが半紙に名前を書いて貼っておくね」

知輝の声が弾んでいる。長男は英会話教室に、次男は書道教室に通わせている。

「ご飯タイムかも」

腕の中で、「サンケン」と名づけられたばかりの子猫が甘えた鳴き声を出し、身体の動きを激しくさせたのを見て、容子は気づいた。

獣医から「人間で言えば五歳くらいですから、成長期で遊んでほしいときです。食事も要求するだけあげてください。できれば、一日に四回くらいに分けて」とアドバイスを受けている。ワクチン接種に出向く必要もある。トイレのしつけなどもしなくてはならず、これから忙しくなるのは間違いない。

——家族の中で一番忙しくなるのは、たぶん、わたしよね。

そう容子は覚悟した。ワクワクするような楽しい覚悟だった。

第九章　輪転する謎と迷走する猫

1

「おお、ニシン、いい子でお留守番していたか」

出張から帰るなり、忠彦はニシンを抱き上げて破顔した。いや、ニシンが自ら抱き上げてほしそうな態《てい》ですり寄っていったのである。

「いい子だったよね。ねえ、ニシン。ずっとおうちでおとなしくしていたものね」

今日ほど、猫に人間の言葉がしゃべれなくてよかったと思ったことはない。推理力抜群の忠彦でも、数時間、愛猫が失踪していたことなどわかるはずがないのだ。

「はい、おみやげ」

忠彦が生まれ故郷の手みやげ、柿の葉寿司の包みを差し出した。

「おいしそう。じゃあ、ビールも用意するね。今夜は居酒屋メニューで」

真紀は、いそいそとテーブルにつまみの類《たぐい》を並べた。冷凍の枝豆を解凍したものに油揚げを焼いたものに冷やしトマト、それに崎陽軒のシウマイだ。

グラスを四つ並べて、冷蔵庫からよく冷えた地ビールを取り出す。いつもの「松本ブルワリー」のペールエールに加えて、今日は手伝いをしていた「秋山」で常連客に勧められた「BACCAブルーイング」のスタウトも用意している。

「ここのビールもコクがあってうまいね。やっぱり、松本の水が良質だからかな」

まずはスタウトに口をつけた忠彦は、枝豆に手を伸ばしたが、ふとその手をとめた。

「崎陽軒のシウマイ、どうしたの？」

「あ……ああ、それね」

どこにでも売ってるし、その辺のスーパーで、とごまかそうと思ったが、ごまかしきれないことは明白だったので、「芽衣のおみやげ。急に来てね」と、正直に告げた。

「いつ？」

「一昨日」

「仕事で？」

「ううん。突然、ここを見たくなったとかで」

「平日ってことは、有休をとったんだよね」

「そうね」

「芽衣さんにしては珍しいね」

やはり、忠彦の勘は鋭い。何か特別な用事があって来訪したのでは、と思い始めているようだ。芽衣が仕事熱心で、滅多に有休をとらないことも知っている。

「泊まっていったの？」

「ううん。用事があるとかで、二、三時間ここにいただけで帰ったけど」

「ふーん」

考え込むそぶりを見せたので、

「それより、そっちの話。奈良の実家はどうだった？　みなさん、お元気？」

真紀は、急いで忠彦の話題に切り替えた。

「ああ、元気だったよ。親父は完全定年まであと二年。おふくろが『それまでに家の中のこと、できるようにしてもらわなくちゃ』って言ってた。どこにでもいる定年世代の夫婦、って感じでね」

忠彦は、首をすくめながら答えて、ビールをひと口飲んだ。忠彦の父親は、奈良県内の大学の事務局に勤務しており、一旦定年を迎えたのちに再任用の形で仕事を続けている。

「おばあちゃんもお元気？」

奈良の実家には、忠彦の両親と父方の祖母が暮らしている。母方の祖父母は忠彦が結婚する前に他界しており、病気で療養中だった父方の祖父は、孫の結婚を見届けて安心したかのように、忠彦と真紀が結婚した年の暮れに逝去した。

「うん。井戸端会議的なデイサービスに通っているみたいで、生き生きしていたよ。久しぶりだからって、ぼくの好きなおはぎまで作ってくれてね」

「そう、よかったじゃない。お義姉《ねえ》さんと桃代《ももよ》さんは？」

忠彦の姉は、結婚して実家のそばに住んでおり、妹の桃代は看護師で、京都市内の病院に勤務している。こちらは一人暮らしだ。

「桃代には仕事の関係で会えなかった。ちょうど宿直でね。うちには休みの日に顔を出しているらしい。話を聞くかぎり、相変わらずパワフルだよ。夜勤明けだろうと、推《お》しのライブには必ず行くっていうし」

忠彦の四歳下の妹、桃代が何とかいうアイドルグループの何とかいう子が好きだという話は忠彦から聞かされていたが、アイドルグループに興味のない真紀は、なかなか名前が覚えられずにいる。

「桃代さん、つき合っている人はいないの？」

「いないみたいだね。『早く誰か連れてこないかな。お医者さんでもいいのに。わたしが生きているあいだに』って、おばあちゃんが話していたよ」

「そう」

会話は、そこで途切れた。

忠彦の姉のすみれに関しても、もっと聞きたいことはあったが、いまはすみれの話題には触れないほうがいい、と真紀は判断したのだ。

忠彦より二つ年上のすみれは、銀行員と結婚して九年になるが、まだ子供はいない。不妊治療もしているが、なかなか授からない。その姉への遠慮もあって、自分たちの子供をどうするかについても真剣に切り出さないのだろう、と真紀は解釈している。子供の話題にならないのは都合がいい。芽衣が妊娠したことを、忠彦に話す勇気がないからだ。話せば、妹への嫉妬や羨望の気持ちが露呈してしまう。

「帰りに友達にも会ってきたんだ」

話の流れを変えたのは、忠彦だった。「ほら、高校時代の自転車通学仲間の話をしただろう?」

「部活も一緒だった人ね。バスケット部のキャプテンをやっていた……島村聡さんだったっけ?」

「ああ、うん。その島村に連絡を取って会ったんだ」

「結婚披露宴には来なかった人よね」

したがって、真紀と顔を合わせたことはない。「海外赴任をしていたとか」

「あ……それは違うというか……」

忠彦が言いよどむ。

「違うって？」

「あれは、うそなんだ」

「うそ？」

真紀の胸は脈打った。元来、誠実で、ごまかしたりしない忠彦である。結婚以来、忠彦の曇った表情をはじめて見た気がした。「どうして、うそなんか……」

「島村が海外にいたのは事実だけど、仕事じゃなかったんだ。ワーキングホリデーを利用して、イギリスにいたんだよ」

ワーキングホリデーという制度は、真紀も知っている。一定期間海外の国に滞在して、文化や生活様式を理解する機会を持ちながら、観光したり、語学を勉強したり、仕事に就いたりすることのできる青少年向けの制度である。学生時代、卒業後の進路を相談し合う中で、学生たちのあいだでたびたびワーキングホリデーの話題が出たものだ。

「島村は、いろんなバイトをしながらロンドンの学校で英語や経営学を学び、イギリス各地を旅して回った。真紀も知ってるだろう？　ワーキングホリデーのビザが発行されるのは、十八歳から三十歳までにかぎられているんだよ」

「それは知ってるけど……」

「あいつがイギリスに行ったのは、三十歳になる前だった。『最後のチャンスだから』と、思いきって勤めていた証券会社を辞めて旅立った。大きな決断だったと思う」

「島村さんがイギリスにいたときに、わたしたちが結婚したわけね」

「うん」

「でも、そうならそうと本当のことを言ってくれればよかったのに、どうして海外赴任なんてうそを……」

蒸し返しながら、何かが心に引っかかる。

――もしかして、忠彦も、ワーキングホリデーのビザを取って、海外に行きたかったのではないか。

結婚前にそんな話は二人のあいだで一度も出たことはなかったが、婚約していた真紀に遠慮して黙っていたのかもしれないし、仕事を辞めてまで行くというまさに大きな決断が、友達にはできても忠彦にはできなかったのかもしれない。

「高校時代、島村は親友であり、ライバルでもあったよ」

ペールエールの入ったグラスを傾けながら、忠彦は過去を顧みるように目を細めて言葉を紡いだ。「前にも話したように、運動神経抜群のやつだったな。バスケもうまければ、テニスもできたし、水泳も得意だった。ぼくも運動神経が鈍いほうじゃなかったけど、あいつにはかなわなかった。そんなぼくが、唯一、彼に勝てたのが自転車だったんだ」

「奈良と大阪の境の峠を、競争しながら上ったんでしょう？　そのレースは忠彦が勝ったのね？」

「ああ、レースってほどじゃなかったけどね」

陰っていた表情に少しだけ明かりが射《さ》したようになった。「それで、自信を持ったのかもしれない。三年の夏休みに、自転車の旅を企画して、あいつを誘ったんだ。過酷な旅だったけど、無事に旅を終えて、あいつとの絆は一層強まった気がした。その旅というのは……」

「糸魚川《いといがわ》―静岡構造線を自転車で行く旅ね」

真紀がその先の言葉を引き取ると、

「えっ？」

と、忠彦は、目を見開いて驚きを表した。「どうして知ってるの？　真紀に話した覚えはないけど」

そこで、真紀は、書斎の本棚からあの地図帳を持ってきた。

「それ、ぼくが使っていた中学校の地図帳だけど」

「地図帳オタクの忠彦だから、捨てられなくてとっておいたんでしょう?」

真紀は、地図帳に挟み込まれていたノートの切れ端を引き出すと、忠彦に渡した。

「これって……」

忠彦が生唾を呑み込む。「自転車の旅を計画したとき、ノートにメモしておいたんだ。島村にも見せた。暗号みたいでおもしろいから、お守りのつもりで、破いて手帳に挟んで旅にも持っていった。記念にとっておいたつもりだったんだけど、どこにしまったか忘れて、探していたんだよ」

「ニシンに感謝しなさいよ。ニシンが見つけてくれたんだから。本棚に飛び乗った瞬間、この地図帳が床に落ちたのよ。横に差してあったから、棚から少し飛び出ていたのね」

「そうだったのか」

忠彦は、うなずいてから胸をつかれたような表情になった。「そうか、この数字の意味が真紀には読み取れたんだね」

「そうよ。1と52と20と19と147と148。この六つの数字は、国道を表しているんでしょう？　大阪から東京まで通じる国道１号線から、松本から大町《おおまち》へ通じる国道１４７号線、そして大町から糸魚川へ通じる国道１４８号線まで。１４７と１４８という数字は、このあたりの道路標示で見慣れているからピンときたわ。糸魚川に通じる国道だとわかったら、イニシャルの謎も解けた。ＩＴは糸魚川の意味よね。だったら、最初のＳＩは何か。地図帳を開いて、国道をたどり、ＳＩで始まる地名を探したわ。ヒントは、最後の三桁の数字の３００だった。これは、総距離じゃないか、と思ったの。糸魚川まで３００キロとすると、静岡あたり。そう、ＳＩはまさに静岡を表している。そこから、糸魚川―静岡構造線が導き出されたってわけ。静岡から新潟県の糸魚川まで。日本を東西に分ける巨大な断層でしょう？」

「うん、そうだよ。さすが真紀だ」

応じる忠彦の声は弾み、瞳は少年のように輝いている。「中学の社会科の授業で教わった糸魚川―静岡構造線。それがずっと頭に刻み込まれていたんだ。いつかそのルートを自転車で走破してみたい。高校に入ったら、なんと島村も同じように興味を持っていたことがわかって、一気に親しくなった。『島村』と『清水』で名簿も席も近かったしね。進学校だったし、勉強も部活も忙しかったから、なかなか自転車で旅するような時間は捻出できなかったけど、三年の夏休みにようやく実行に移すことができたんだ。ヒッチハイクして、スタート地点までトラックで自転車を運んでもらってね。走行距離約三百キロ。汗まみれになって、疲労困憊《こんぱい》の二泊三日の銀輪の旅だった」

「帰りはどうしたの？」

「島村は、弁も立てば、積極的で要領もよくてね。糸魚川のドライブインで、『ぼくたち、高校の思い出に自転車で三百キロの旅をしてきました』と現地の人たちに片っ端から話しかけて、注目を集めたんだ。その中から『いまどき感心な若者だ。車で奈良まで送り届けてやるよ』という奇特な人が現れてね」

「そうだったの。その自転車の旅で、大きな達成感を得たのね？」

「ああ。気分が盛り上がった勢いで、次の目標を決めたんだ。その一つがワーキングホリデーの制度を利用して、海外へ行くことだった。大学を出て、どこに就職しようと、必ず海外には行こう。日本以外の国で働きながら生活して視野を広げよう、見聞を広めよう、そう二人で決めたんだ。あれは、そう、約束に近かった。だけど、就職した途端、現実の厳しさに直面した。仕事は目が回るほど忙しいし、いろんなつき合いも生じて、準備する時間もとれない。海外へ行く資金も思ったほど貯まらない。日常に流されてしまって、結局、ぼくは諦めた」

「気がついたら、リミットの三十歳に達していたのね。それで、諦めて、わたしとの結婚を選んだってわけね？」

皮肉を含めて突っ込むと、

「あっ、ごめん。ワーキングホリデーを諦めたから真紀と結婚したわけじゃないよ。ここで真紀に逃げられたら困る。そう思って急いでプロポーズしたんだ」

忠彦は、あわてた様子でてのひらを左右に振った。

「わたしが心変わりする前にね」

大学の同期で、同じ読書サークルに所属していたとはいえ、二人の交際期間自体は短かった。交際に至るまでに忠彦にそんな葛藤があったとは……。自分の知らない夫の一面を垣間見られて、それはそれで新鮮に思えた。

「ワーキングホリデーのほかには？　目標がほかにもあったんでしょう？」

それが、連絡を取って島村と再会した理由のように思えて、真紀は尋ねた。

「自転車での日本一周の旅だよ。それにはビザはいらない。三十歳を過ぎてもいい。とはいえ、体力があるうちでないとむずかしいから、三十五までには達成したいな、ってね。だから、気になったんだ。島村がすでに実行したのか、まだなのか……」

「結果は？」

「まだ実行に移していなかったよ」

答えた忠彦は、安堵の笑みを口元に浮かべていた。

「そう」

真紀は、夫のその笑みの意味が気にはなったが、ここでは追及せずに、「島村さんは、いまどんな仕事をしているの?」という質問に変えた。

「高校の成績は互角だったと言っただろう? だけど、自転車旅を終えて、ぼくのほうは気持ちの切り替えがうまくいかなかったのか、エンジンがなかなかかからなかった。対して、島村はぐんぐん力をつけて、第一志望を狙えるまでになった。その結果、島村は大阪《おおさか》大学に受かって、ぼくは落ちた。みじめで、あいつのそばにいるのがつらくなったんだろう。ぼくは東京に……逃げたに等しい」

「そうだったの」

つねに明るさを失わず、前向きな姿勢の忠彦だと思っていたが、彼なりに挫折を味わって、屈折した心を抱えていたのだ。

「島村は、大学を出たあと、大阪の大手証券会社に就職した。まわりからはエリートコースだと思われていたね」

「そこを、ワーキングホリデーのために思いきって辞めたのね」

「ああ」

「ワーキングホリデーから帰った彼は？　いまどこで何をしているの？」

「イギリスで語学と経営学を学んだ成果を生かして、外資系のコンサルティング会社に採用されて働いている。いまも大阪に住んでいる」

「そう。夢を叶えるために一流会社を辞めた親友を、『勇気がある、度胸がある』と尊敬する一方、自分にはできなかったことをやってのけた彼をうらやんでいるんじゃない？」

「そうかもしれない」

忠彦は、素直に認めて吐息を漏らした。「確かに、あいつをやっかんでいたよ。ぼくと違って、男のきょうだいがいたこともね。島村の家に行くと、彼より線の細い三歳違いの弟がいて、『お兄ちゃん、お兄ちゃん』とまとわりついていた。島村は、『こいつ、何でも俺のマネをしたがるんだ』と苦笑していたな。習い事も、小中学校の夏休みの自由研究も、まるで兄の後追いをするみたいに同じものを選んだという。二人でキャッチボールをやったり、囲碁を打ったりして、仲よさそうにしていた。それが受験勉強の息抜きになると語っていて、何だかすごくうらやましかったよ」

「話してくれて、ありがとう」

真紀の胸に熱い感情がこみあげた。パートナーがここまで話してくれたのだ。今度はわたしの番だ。

「わたしも忠彦に話したいことがあるの。妹のことで」

真紀は、そう切り出した。

2

玄関ドアに鍵をかけたのを確認してからゴミ集積所に向かうと、予想どおり、道路の向こうには大山さんの姿があった。ただし、今日は、偶然を装った形の現れ方ではなく、明らかに容子を待ち構えていた雰囲気だった。

「ねえ、瀬戸さん」

容子がゴミ袋を集積所に置くのを待って、大山さんが自宅の前で手招きしてきた。ゴミ捨てにくるほかの住人には聞かれたくない話なのだろうか。

「おはようございます。何でしょうか」

「お宅のほうって、野良猫の被害はない？」

「野良猫……ですか？」

ドキッとした。知輝が拾ってきた猫を飼い始めたばかりである。「サンケン」という呼び方も家族のあいだで板についてきた。

「ちょっと見てくれる？」

大山さんは、容子の先に立って石造りの古い門柱のあいだを通ると、樹木の生い茂る庭へと案内した。芝生《しばふ》に雑草がちらほら交じり、一画が石で囲まれた花壇になっている。いま咲いているのはピンクのコスモスだ。

「これ、猫のフンなのよ。うちは門扉がないから堂々と入ってきて、そこの生垣の隙間から外へ出ていったりするみたいなの」

ほら、そこも、と大山さんは、容子の足元を指差して、「お宅のほうも野良猫に悩まされているでしょう？　花壇を荒らされた家もあったみたいよ」と顔をしかめた。形状や茶褐色の色からして、比較的新しいフンかもしれない。

「とくに、被害は聞いていませんけど」

それは本当なので、そう答えた。

「そう？　じゃあ、うちだけかしら」

大山さんは、疑わしそうな目を容子に向けると、「小学校の近くで子猫が捨てられていたっていうじゃない。小学校だけじゃないわ。スーパーのほうでも」と言葉を続けた。

――うちの子が捨て猫を拾ったことを、大山さんは知っているのだろうか。

胸の動悸が激しくなってきた。だが、知っていて、知らないふりをする大山さんではない。知っていたら、ストレートにそう言うはずだ。

「あの、その猫、うちの下の子が拾ってきて、いま家で飼っているんです」

容子は、思いきって告白した。隠し通せるわけではないし、サンケンをかわいがっている子供たちのためにも、うそをついたり隠し事をしたりせずに大山さんとつき合おう、と決めたのだった。いつまでも「大山さんが苦手なわたし」のままでいてはいけない。

「まあ、そうなの」

大山さんは、肉のついた胸を大げさなほどそらせて、まあ、ともう一度驚きの声を上げた。「何でよりによって猫なんか飼うの？　ほら、お宅は泥棒に入られたでしょう？　どうせ飼うなら、猫より犬のほうがいいんじゃない？　番犬になるし」

「そうかもしれませんが、これも出会いというか。不憫《ふびん》に思った息子が家に連れ帰ったものので。家族で話し合って、しっかり世話をすることに決めたんです」

「そう。じゃあ、しっかり家の中で飼ってね」

大山さんは、「しっかり」を強調する。「猫を外に出したらダメよ」

「えっ？　ええ、はい」

大山さんの視線がまだ片づけていない猫のフンに戻されたので、外でフンをさせないでね、と釘《くぎ》を刺されたのかと身構えたら、

「車にひかれたりしたら大変だからね。車だけじゃない、自転車も危ないわよ。スピードを出す人もいるからね」

と、彼女なりに心配してくれたのだとわかり、少しホッとした。

その夜、子供たちと一緒に夕飯を済ませたあとに陽平が仕事から帰り、家族全員が顔を揃えるのを待って、容子は大山さんの話題を切り出した。

「野良猫って、捕まったらどうなっちゃうの？」

と、小学四年生らしい疑問を口にしたのは、サンケンを保護した知輝だった。

「保健所に収容されて、いちおう引き取り手を探すんだろうね。一定期間収容しておいて、期限がきて引き取り手が現れなかったら、そのときは、その……」

と、晩酌のビールを飲みながら、言いにくそうに陽平が言葉を切る。

「処分されちゃうんだよ。ガス室でさ」

と、バッサリ真実を告げたのは、中学二年生の和輝だった。

「えっ、そうなの？」と、知輝の目の奥で怯えたように光が揺らいだ。

「そういうかわいそうな猫を一匹でも減らすために、引き取り手を探す活動をしている人たちがいるのよ」

「じゃあ、サンケンは命拾いをしたんだね。ぼくが助けてあげたんだよね。ねえ、そうでしょう？」

と、母親の言葉に励まされた様子の知輝が念を押す。

「ええ、そうよ。あのままなら衰弱して死んでしまったかもしれない」

その可能性は高い、と容子は思った。

「猫に罪はないよね。好きで野良猫になったわけじゃないし。大事に飼われてかわいがられている猫もいれば、庭にフンをしたからって追い払われたり、嫌われたりする猫もいる。そんなの、おかしいよ。変だよ、同じ猫なのに」

「親ガチャというか、飼い主ガチャかな。猫は飼い主を選べない。最後まで責任を持って飼う人間もいれば、世話がしきれなくなって平気で捨てる人間もいる」

と、弟のまっすぐな正義感を揶揄《やゆ》するように、兄の和輝がいま流行《はや》りの表現を使って返した。

「猫同士はどうなのかな。自分は野良猫でエサにもなかなかありつけないのに、あっちの猫は家の中で飼われていて、冬は暖かくて、夏は涼しくて、みんなに大事にされておいしいものも食べられて、うらやましいな、不公平だな、なんて思うのかな」

「それはないだろう。猫は人間と違って、自分の運命を素直に受け入れて、淡々と生きているのさ。ほかの猫と自分を比べて、相手をやっかんだり、逆に自分を蔑《さげす》んだりしない」

と、今度も、弟の素朴な疑問を兄が妙に大人じみた哲学的な言い方で説いた。

知らぬまにずいぶん成長したものだと、容子は感心しながら長男と次男を見ていた。

「それにしても、そのおばさん、ひどいよね。自分の庭が汚されることしか考えていない」

知輝がまた憤慨の感情を募らせると、

「いや、大山さんにもいいところがあるぞ」

と、それまで口を挟まずにいた陽平が言った。「猫を外に出したらダメよ、って言われたんだろう？　サンケンが交通事故に遭わないように、心配してくれたんだよ」

「ああ、そうね。車や自転車に気をつけるように、って注意喚起してくれたのよね」

確かにそうだった。容子は、一方的に人を非難せず、いい面も見つけようとする陽平を見直した思いだった。そして、そうだ、この人のこういう一面に惹かれてわたしは結婚を決意したのだ、と昔を思い起こした。

「スピードを出す自転車もいるから。そう言っていたわ」

「自転車といえば」

と、何か思い出したように、和輝が容子の言葉を引き取った。「例のボタン、自転車とぶつかりそうになったあとに拾ったんだと思う」

「マラソンの練習をしていたとき?」

暮れのマラソン大会に向けて、学校から帰宅してから、和輝は家のまわりをジョギングして脚力を鍛えている。

「うん。あの自転車、ずいぶんスピード出していたよ」

「このあたりの人?」

「よく見なかったけど、違うと思う。荷台に荷物がくくりつけてあった気がしたし、何か布切れみたいなのが見えたし」

「男の人?」

「そうだと思うけど、よくわからなかった。一瞬だったし、黒っぽい帽子をかぶっていたから。でも、若い感じだった。だって、スピード出すのは大体若い人でしょう? だから、その人が落としたボタンかもしれないよ」

「着ていた服についていたのが落ちたとか?」

「かもしれない」

「住宅街を猛スピードで自転車で走るなんて、危ないよな。気をつけないと」

と、陽平が顔をしかめて、長男から次男へと視線を移した。「知輝も気をつけような」

「うん」と、知輝が素直にうなずく。

居間のソファで丸まっていたサンケンがダイニングテーブルに来て、陽平の膝に飛び乗った。食事をしている場が好きなのか、箸を持った人間をターゲットにする傾向にある。

「サンケン、ほら、邪魔しないで。子供たちと遊びなさい」

「うん。サンケン、サンケン、おいで」

知輝が棒の先に羽のついた遊具——猫じゃらしを振りながら、ソファへと向かう。途端に、サンケンの動きが激しくなり、知輝が操る猫じゃらしの動きに合わせて、俊敏なジャンプを繰り返す。

「サンケンは幸せね」

その光景を見て、容子はしみじみと言った。「やさしい子に拾われて、やさしい子たちの家に迎え入れられて」

そして、大山さんの自宅の庭を荒らすという野良猫の人生、いや、野良猫の儚《はかな》い一生に思いを馳せた。

第十章　安曇野の自然光と浮上する過去

1

ひと駅北へ進んだだけで、車窓に映る山の景色がまるで違って見える。松本に住んで半年以上が過ぎたが、ＪＲ大糸《おおいと》線に乗るのははじめてだった。

松本から信濃大町《しなのおおまち》を通り、新潟県の糸魚川に至るＪＲ大糸線。南小谷《みなみおたり》駅まではＪＲ東日本の管轄で、その先はＪＲ西日本の管轄ということは、歴史や地理と同様に鉄道にもくわしい忠彦が教えてくれた。

「電車で安曇野《あずみの》に出かけてみないか」

よく晴れた休日、そう言い出したのも忠彦だった。大手製薬会社の松本営業所に勤務する忠彦は、仕事では会社の車で安曇野方面を回ることもあるという。

「いいね。わたしは、穂高の碌山《ろくざん》美術館に行ってみたいな」

それで、最寄りの北松本駅から下りの大糸線に乗ったのだった。もちろん、留守番役のニシンの好きなおやつを部屋に置いて、充分機嫌をとって、戸締りをしっかり確認してから家を出てきた。

北松本駅から豊科《とよしな》駅を通って穂高駅まで、所要時間は約二十五分。「梓橋《あずさばし》」や「一日市場《ひといちば》」や「柏矢町《はくやちょう》」などという耳慣れない駅名も、何だかノスタルジックな響きを伴って聞こえる。

穂高駅に降り立つと、心なしか松本より肌寒い気がした。紅葉シーズンで、トレッキングが目的なのか、リュックを背負った観光客も多い。

「松本よりちょっと涼しいよね。標高が高い分、気温が低いのかしら」

ロータリーに出てそう口にしたら、

「いや、実は、松本のほうが標高が高いんだよ」

と、即座に忠彦に首を振られ、滑《なめ》らかな口調の説明へとつなげられた。「松本駅の標高が五百八十六メートルで、この穂高駅の標高が五百四十六メートル。安曇野は地名に野原の野がついているくらいだから、一面に広がる平野のイメージどおり、意外に標高は高くないんだ。そこから北へ行くにつれて徐々に高くなって、信濃大町駅が七百十三メートル。

白馬駅が六百九十七メートルで、南小谷駅が五百十三メートル。それから新潟の海へとつながるあたりまで行くと、また低くなっていって糸魚川駅が標高四メートル。つまり海抜四メートルってことだね」

「へーえ、ずいぶん起伏の激しい路線なのね」

真紀は、感心してそう受けた。もっとも感心したのは、忠彦の入念な下調べに対してだった。

駅前のロータリーに出ると、レンタル自転車の店が目についた。

「自転車を借りようか？」

サイクリングに出かける観光客に視線をあてた忠彦に誘われたが、真紀は、「歩こうよ」と言って断った。頬に心地よい風を受けながら、碌山美術館まで歩いてみたかった。

「常念《じょうねん》がかなり近づいたよね」

真紀は、きれいな三角の形をした峰を指差して言った。安曇野盆地の北に高々と聳える山々。松本駅構内の展望通路からもくっきり三角形に見える常念岳だけは、その名前をすぐに覚えてしまった。その常念岳が真正面に望める。

十分ほど歩いて踏切を渡ると、こんもりとした森の中に、蔦に覆われたレンガ造りの教会のような建物が現れた。突き立った塔には釣鐘が下がっている。

「まさに、自然と一体化した美術館だね」

入場料を払って庭園に入り、建物を見上げて、真紀は感嘆の声を上げた。敷地内は、葉が赤や黄に染まった木々であふれている。

安曇野出身で、「東洋のロダン」と称され、日本の近代彫刻の先駆者とされる碌山こと荻原守衛《おぎわらもりえ》に関しては、真紀も多少の知識を備えている。

「碌山美術館は、一九五八年に三十万人の寄付と支援によって開館したんだ」

仕事で安曇野周辺を回っている忠彦は、さらにマニアックな知識を披露する。

「地域の人たちに支えられている美術館なのね」

美術館ばかりではない。街全体も地域の人たちに支えられているのかもしれない。駅前に並べられていた色とりどりの花のプランターを思い浮かべて、真紀も言った。

重要文化財に指定されている作品「女」が展示されている碌山館のほか、いくつかある展示棟を鑑賞して巡り、敷地内に設置された休憩室に入ってひと息つく。木製の長椅子に並んで座る。

「碌山は、三十歳で亡くなったんだよな。いまのぼくたちより若かった」

ペットボトルの緑茶で水分補給した忠彦が、改めて思い出したように言った。

「ニューヨークやパリに渡ったり、作家の高村光太郎《たかむらこうたろう》と交流したり、上京して新宿の中村《なかむら》屋《や》サロンに出入りしたり、凝縮された人生だったんだね」

真紀も感慨を覚えて言った。

「このあと、どこに行きたい？　駅に戻ってタクシーで『大王《だいおう》わさび農場』に行ってもいいし、歩いて穂高神社へ行ってもいいよ。疲れていなければ、自転車を借りて回ってもいい」

「見学は碌山美術館だけで充分。あとはまた、謎解きをしながら散策をしたい気分」

休憩して体力を取り戻した様子の忠彦に聞かれて、真紀は答えた。

「えっ？」

忠彦が、ハッとした顔を真紀に振り向けた。

「忠彦も本当はそうしたいんでしょう？　心に引っかかっていることがあったから、安曇野に来てみた。レンタカーを使わなかったのは、歩きながらじっくり推理を巡らしてみたかったから。そうでしょう？」

「あ……うん、まあ、そうだけど。さすが真紀だね。すべて見抜かれている」

忠彦は、照れたように笑った。

「だって、忠彦は、ここに来るまでのあいだ、自転車に乗っている人に鋭い目を向けたり、道沿いに建つ家という家をじっくり観察したりしていたもの。自分の胸の中に生じた疑問や疑惑と向き合うみたいにね」

「まあね。でも、それだけじゃない。懐かしさもあったんだよ」

「懐かしさ？　ああ、高校時代の自転車旅の思い出ね。糸魚川―静岡構造線を自転車で行く旅。島村さんとの二人旅だよね？」

「ああ、うん」

少しソワソワした様子で受けて、忠彦は言葉を重ねた。「あのときは、景色なんか見る余裕は一秒たりともなかった。全三百キロを走破することだけに神経を集中させてね。山梨から長野県に入ってからは、茅野《ちの》、下諏訪《しもすわ》、岡谷《おかや》を抜けて、塩尻から松本を通って、ここ安曇野も通った。美術館はもとより、一本の木も、一輪の花も見る余裕なんてなかったんだ。ひたすら自転車を走らせた。お金もかけたくなかったから、一泊は目についた神社での野宿だったよ。どのあたりだったか覚えてもいない。若かったからできたのかもしれない。あれは、ぼくらの青春だった」

「美術館に寄ったり、景色をじっくり見たりする余裕はなかったかもしれないけど、そのあいだずっと二人でいたわけだから、島村さんと話す時間はたっぷりあったはずでしょう？」

そこで、真紀は島村の話題へとつなげた。忠彦が島村と連絡を取って、大阪で会った理由が気になっている。

「あのときの旅で、互いの夢を語り合った。このあいだ話したワーキングホリデーのことか、自転車で日本一周する夢までね。地図を広げて、具体的にどこをどう回ろうかアイディアを出し合った。奈良と大阪の境を自転車で上ったみたいに、各地の県境を巡るのもおもしろいかな、なんてね。二つの県だけじゃなくて、三つの県が接している場所も走りたい。想像するだけで興奮したよ。日本一周するにはお金も時間もかかる。体力と時間のある若いうちしかできない。お金がなければどうすればいいか。若さに任せて、無茶苦茶な思いつきも好き勝手に言い合った。おばあちゃんが一人で切り盛りしているような片田舎の小さな食堂に入って、飛び込みで『皿洗いさせてください』って頼み込んで、バイトでお金を稼いで旅を続ける案とかね。時間に余裕があるのなら、同じ町に何日か滞在してもいい。田舎ほど人の目につかない寂れた神社も寺も、廃屋や空き家もある。島村は、こんな提案もした。『日本一周するんだから、士気を高めるために自転車に目印をつけたほうがいい。〈日本一周自転車の旅〉って幟を立てようか』なんてね。その幟という言葉で……」

「あの事件のことが喚起されたのね」

真紀がその先を続けると、忠彦は、表情を引き締めてうなずいた。

ひどく喉が渇いている。缶コーヒーで喉を潤してから、真紀は話を続けた。

「宮田文枝さんが殺害された事件。殺される何日か前に、宮田さんは、近所でおもしろい自転車を見かけた話を片瀬さんにしたのよね。『アイスキャンディー売り』という表現を使って。そこから、忠彦は、幟を立てて、荷台に大きな荷物をくくりつけている自転車を連想した……」

「幟と大きな荷物。それは、高校時代、ぼくらが思い描いた日本一周の旅に使う自転車そのものだった。川中島からサッカースタジアムを散策したあの日、真紀に『ライバルみたいな存在っている？』って聞かれたよね。その瞬間、それまで忘れていた島村の存在がふっと思い起こされた。それで、幟と自転車と島村が結びついて。いや、あのときは、結びついたと言っても、緩い結びつきにすぎなかった」

「自転車に乗った人間が事件に関係している。忠彦は、そう考えたのね。それで、緩い結びつきにすぎなかったとはいえ、気になって、島村さんに会うことにした」

——個人的にちょっと気になることがあってね。それが解決してから。

忠彦は、あのとき、そう言ったのだった。だから、警察に自転車の情報を伝えることに賛成しなかったのだ。

「ああ。まさかとは思った。万に一つの可能性もないと思っていた。だけど、万に一つの可能性でも、可能性としてこの地球上に存在する以上、その可能性を否定しなければ気がすまないのがぼくの性格でね」

「わかってる。わたしもそうだから」

真紀は、何度もうなずいた。推理小説好きの人間の特徴である。可能性を一つずつ潰していって、たった一つの真相に到達する。それがミステリーの醍醐味だ。

「で、どうだったの？　島村さんに会ってみて、それとなく事件の日のアリバイを確かめたりしたの？」

「うん。結論から言えば、島村には出社と会議という確実なアリバイがあった。前後に長期の休暇もとっていない。ワーキングホリデーのために一流企業も辞めてしまうような大胆な男だから、長期の休みをとるか、いや、また会社を辞める決意をしてまで、自転車の旅に出かけるかもしれない、というぼくの推理ははずれてくれた」

「そう。よかったじゃない」

「ああ」

と応じながらも、忠彦の表情に陰りがあるのが真紀は気になった。

2

のどかな安曇野の田園風景。田んぼや畑に点在する家々。一戸あたりの敷地面積は、横浜や東京などの都会のそれより明らかに広々としている。穂高駅まで歩いて戻る途中も、道路に面した家並に忠彦の鋭い視線が注がれた。

「一つ問題を出すよ」

穂高駅の手前で忠彦が立ち止まり、あたりを見回した。「いままで歩いてきた中で、玄関に鍵がかかっていない家は何軒あるでしょうか」

「うーん、五軒くらい？」

長野県内では、日中、鍵がかかっていない玄関から物盗りに侵入されて住人が殺されるという宮田文枝の事件も起きたのである。住民の警戒心は強まっているだろう、と真紀は思った。

「もう少し多いんじゃないかな。仕事で安曇野から池田《いけだ》や松川《まつかわ》、大町まで回ることがあるんだけど、そのたびに顔を合わせた人に、『玄関の鍵はかけていますか？』って聞いているんだ。『うちは気をつけているけど、近所には昼間はもとより夜間もかけない家があるよ』とか、『うちに自分以外に家族がいるときはかけないでいる』という人もいる。感触としては、大体二割から三割くらいかな」

「二割から三割？　多いよね」

横浜の実家では、自宅に家族がいても必ず玄関の鍵をかけている。

「こんな話も聞いた」

ため息をついてから、忠彦がエピソードを語り始める。「家族に鍵をかけるように強く勧められても聞く耳を持たずで、『うちは絶対大丈夫。鍵をかけないで外出しても、泥棒なんか入るはずがない』って豪語していた奥さんがいてね。半年くらいはそれで平和に過ごしていた。ある日、近所の友達の家まで出かけて戻った奥さんは、いつもの場所に自分のバッグがないのに気づいた。『あっ、盗まれたんだ』となって、あわてて警察に通報したというよ」

「それから、その奥さんは、外出するときも家にいるときも、必ず玄関の鍵をかけるようになったんでしょう？」

「うん」

忠彦は、大きくうなずいてから、「それで」と言葉を継いだ。「何を言いたいかというと、殺人事件まで発展したケースは例外として、小さな空き巣事件などは新聞記事にもならないことがよくあるんだ。金庫から札束が盗まれたとか、封筒に入れておいたお金が盗まれたというケースは被害金額が明らかだけど、何が盗まれたのか、家族の記憶が曖昧で、被害が明らかでない場合は、警察もいちおう事情聴取をしたり、指紋採取をしたりするけれど、報道はされない。同一地区で空き巣が頻発すれば、注意喚起のために記事にすることはあるかもしれないけどね。だから、日本全国、至るところで空き巣事件は起きているんじゃないか、記事にならないだけで、と言いたかったんだ」

「そう」

とは答えたものの、忠彦が本当に言いたかったことは、それだけではなくて、もっとほかにあるのでは、と真紀は直感した。忠彦の表情の陰りが消えなかったからだ。だが、あえて口にはしなかった。

その表情の陰りの理由がわかったのは、穂高駅のロータリーに面した地ビールを出すレストランに入ってからだった。テーブル席が数席とカウンター席があり、カウンターの奥の工房で安曇野ビールを醸造している。

奥のテーブル席に座り、壁のメニュー表を見て、真紀はフルーツエールを、忠彦はペールエールを注文した。料理は、フライドポテトと野沢菜とキノコのピザを選んだ。

「電車にして正解だったね」

「そうだね。おいしい安曇野ビールが飲める」

運ばれてきたグラスを軽くぶつけ合って、地ビールを味わう。フルーツエールという名前だけに、ほんのりりんごの香りがする。

喉が渇いていたせいか、忠彦は一気に三分の二くらい飲むと、グラスをテーブルに置いた。そして、アルコールの力を借りてその勢いで、というように身を乗り出すと、「ごめん。いままでどうしても話せなかったんだ」と前置きしてから切り出した。「高校時代の自転車旅で、空き巣事件が起きたんだ。いや、起きたんじゃない。起こしたんだ」

「起こしたって……」

「そう、ぼくたちが窃盗事件を起こした」

真紀は、言葉を失った。まさか、と思った。推理小説は好きでも犯罪そのものは忌み嫌い、犯罪からもっとも遠いところにいると思っていたパートナーが、過去に窃盗事件を起こしていたなんて信じられなかった。

「ちゃんと説明して」

「旅を始めて最終日、三日目だった。二人ともかなり疲労が蓄積していたと思う。ふくらはぎに痛みを感じた島村に合わせて、スピードを落としていたときだった。島村が『少し歩こう』と言って、自転車を押し始めたから、ぼくもそれに合わせた。坂を下ったところで畑が続いていて、民家がポツポツと点在していた。その一軒の前で、島村の歩みが止まった。門扉のない家だった。もうどのあたりの家だったか覚えていない。門柱の少し先の石畳に何か紙のようなものが落ちていたんだ。ぼくより視力のいい島村が、『おっ、一万円札だ』と言って中に入り、拾ってきた。『この家の人が落としたんじゃないか？　知らせたほうがいいよ』とぼくは勧めたけど、島村は『風に舞って中に入ったかもしれない。大丈夫だよ。たかが一万円じゃないか。もらっておけばいい』と言って、ポケットに入れてしまった。ぼくは急いで門柱の呼び鈴を押した。応答は……なかった。『ほら、留守だよ』と、島村がホッとしたような顔をしたのを覚えている。ぼくは『警察に届けないと』とも勧めたけど、『手続きに時間をとられて、ゴールに間に合わない』と反対された」

「拾った一万円札を持ったままでいたのね？」

「ああ」

認めた忠彦の顔は、色を失っていた。「あれは窃盗だよ。門の中だから、人の家の敷地内に立ち入ったことになる。一万円札の所有権は、その敷地内の家の人にある。だから、ぼくたちがやったことは、空き巣で、窃盗で、泥棒と変わらない」

「でも、忠彦は、家の人に知らせるように、警察に届けるように、島村さんに勧めたのよね？」

「忠告はした。だけど、あいつに飛びかかって一万円札をひったくろうとまではしなかった。一万円は当時のぼくには大金だったけど、『たかが』と思えないこともなかった。疲労で感覚が麻痺していたのかもしれない。予定が狂うのも嫌だった。黙認したのだから、ぼくも共犯者だよ」

共犯者という重い響きに、真紀の胸も鉛を呑み込んだように重くなる。

「島村さんのことが急に気になり始めたのには、そんな過去の事情も影響していたのね」

「ああ、うん。あのあとぼくは、拾った一万円のことについては深く考えないようにしていた。だけど、いつも心の片隅にあって完全に払拭することはできなかったんだ。だから、旅を終えて大きな達成感を得たとはいえ、うまく気持ちの切り替えができなかったんだと思う。受験勉強にも専念できなかった。対して島村は、何事もなかったかのようにそれまでと変わりなく明るく振る舞って、受験勉強にも支障なく力を発揮して、見事に第一志望に合格した。ぼくは心のどこかであいつのことを……」

言いかけたとき、忠彦のスマートフォンが鳴った。

「島村からだ」

画面に視線を落とした忠彦は、顔を上げてうなるように言った。

3

「サンケン、ちょっとだけお留守番しててね。ゴミを捨ててくるからね」

容子は、玄関までついてきたサンケンにそう言い置いて、外に出ると、玄関ドアに鍵をかけた。ドアを引いて鍵がかかっているのを確認する。

ゴミ捨てにくるのを大山さんが待ち構えていようと、もうかまわないと思った。そうだ、いつまでも「大山さんが苦手なわたし」のままでいてはいけない、と自分の胸に言い聞かせる。

ところが、サンケンが家に来てから自分が強くなったのを、容子は感じていた。

彼女の姿は見あたらない。

よかった、と安堵し、指定の場所にゴミ袋を置いて、家に帰ろうとしたとき、背後で女性の悲鳴が聞こえた。ハッとして振り返る。

大山さんが、自宅の門柱の前で倒れていた。駆け去る人物の後ろ姿が目に入ったのは、ほんの一瞬だった。黒っぽい服装の印象しか視野に残らなかった。

「大山さん、大丈夫ですか？」

車の往来はない。道路を渡り、急いで駆け寄る。

石造りの門柱で後頭部を打ったのだろうか。容子の呼びかけにも大山さんは反応しない。黄色いサンダルの片方が脱げかかっている。

「大山さん、大山さん」

肩を揺すると、大山さんはうっすらと目を開けた。

「大丈夫ですか？　何があったんですか？　男の人が逃げていったみたいですけど」

そう、たぶん、いや、確かに背格好は男性だった、と記憶を呼び戻しながら、容子は言った。

大山さんの唇が丸い形に開いた。

「何ですか？」

「ど……ろ……ぼう」

泥棒、と真紀の耳には聞こえた。強盗事件だ。

「警察に連絡しますね」

容子は、大山さんの肩を抱えると、通行人の邪魔にならないように静かに家のほうへ移動させた。スマホはいま持っていない。どうしよう、怪我をしているかもしれない、救急車を呼ぶべきか。逡巡したとき、「どうしましたか？」と、上から声がかかった。ゴミ捨てにきた近所の女性のようだ。

「大山さんの家に泥棒が入ったんです。警察を、救急車を呼んでください」

容子は、息せき切って頼んだ。

第十一章　再浮上する過去と間接照明

1

「お母さん、大丈夫？　震えているよ」

知輝に指摘されて、はじめて自分の身体が小刻みに震えているのを知った。

「ああ、うん。大丈夫よ、心配しないで。歯を磨いて早く寝なさい」

もう九時になる。容子は、身体の震えを止めるために両腕で胸を強く抱えながら、次男に向かって言った。

「はーい」と、素直さが取り柄の知輝が洗面所へ行く。拾われた恩義を感じているのだろうか、そのあとをサンケンが追っていく。

数学のテストを明日に控えている和輝は、夕飯と入浴を済ませるとすぐに、「テスト勉強をするから」と言って、二階の自分の部屋へ行った。計画を立てるのが好きで、計画どおりに実行する手のかからない長男である。

二人の息子には、夕飯の席でけさの出来事を伝えた。誇張せず、脚色せず、淡々と見た事実だけ伝えたつもりだったが、知輝は「怖いよね、怖いよね」と、膝に乗せたサンケンの頭を撫でながら顔をしかめていた。和輝は、「それって、うちに入った泥棒と同一人物じゃないのかな。犯行時間帯も同じだし。この辺、入りやすいと思われているのかも」と、独自の推理を口にしたあと、「警察って、お母さんの財布が盗まれた事件、まともに捜査してくれてないよね」と、警察への不満も口にした。

残業で遅くなると言って出勤した陽平には、まだ何も伝えていない。こちらの伝え方次第では、大げさに受け取られて、仕事を中断して帰宅する羽目になっては申し訳ないと思ったからだ。

九時半に玄関チャイムが鳴った。その陽平が帰ってきた。帰宅時にはチャイムを鳴らし、それから鍵を開けて入る習慣ができている。さっき表で車の音がしたから、帰宅に勘づいてはいた。

容子が玄関に迎えに出たのと、ドアが開いたのは同時だった。

「お客さまだよ」

そう言った陽平の後ろから大山さんが現れて、容子は思わず「あっ」と、小さな声を漏らしてしまった。

「車を降りたら、そこで一緒になってね」

「すみません、夜分遅くに。でも、どうしても今日中にお礼というか、お詫《わ》びを言いたくて」

夜なのに帽子をかぶった大山さんは、そう言って目を伏せた。

「お詫びだなんて、そんな……」

事件があったのはけさである。精神的なショックも受ければ、怪我も負ったはずだ。今日のうちに通常どおりの生活に戻れるとは思わなかったので、続く言葉が見つからずにいると、

「さっきちょっと聞いたけど、朝、大山さんのお宅に泥棒が入ったとか」

陽平が言い、妻と客人を交互に見た。

「お怪我の具合はいかがですか？　大丈夫ですか？」

帽子をかぶっているのは、手当てされた傷を隠すためだろう。気遣ってまずそう問うと、

「ご心配をおかけしました。脳震盪《のうしんとう》を起こしただけで、たいしたことはなかったんです。頭もすり傷程度で。病院からもすぐに帰りましたし。かえって、瀬戸さんを驚かせてしま

ってすみません」

と、大山さんは深々と頭を下げた。

「こんなところで話すのも。どうぞ、お上がりください」

逡巡を見せた容子に、陽平が助け舟を出してくれた。

「いえ、夜分遅いですし。ここで」

「いや、わたしも何があったか、くわしくおうかがいしたいので」

遠慮を示した大山さんを、陽平が引き止める。

「すみません。お夕飯もまだお済みでないのに」

恐縮しながらも、大山さんは家に上がった。

居間に通され、勧められたソファに座っても、大山さんは帽子を脱ごうとはしなかった。

「警察からいろいろ聞かれたでしょう？　わたしのことでお手間をとらせてしまい、本当に申し訳ありません」

大山さんがまた深々と頭を下げたので、

「それは当然のことです。大山さんは被害者で、お怪我もされているのですし」

容子は、いえいえ、とかぶりを振りながら言って、視線を隣の夫へと移した。夫にはまだ事件の詳細を伝えていない。それで、朝の出来事をかいつまんで伝えた。

「それは、災難でしたね。怖かったでしょう？」

と、陽平は眉をひそめてから、容子へと視線を戻した。「警察にはどう答えたの？」

よりくわしく聞き出したいらしい。

「わたしが目撃したのは、逃げていく人の後ろ姿だけ。そう話したの。黒っぽい服装をしていたのは覚えています、ってね。ゴミを捨てたら、悲鳴が聞こえて、振り向いたら、大山さんが門柱の前で倒れていて、誰かが逃げていくところで……。目を開けた大山さんが『泥棒』と言ったので、わたし、急いで警察に連絡しなくちゃ、と思って。でも、スマホも持ってなくて。そしたら、ご近所の人が気づいて通報してくれて……。ごめんなさい、支離滅裂な説明で。刑事さんに聞かれても、そんなふうにしか答えられなくて」

「奥さんのおっしゃることは、無理もないです。わたしもよく覚えていないんですから」

大山さんは、大きなため息をついて、陽平に向かって「すみません」とあやまってから、話を続けた。「あのとき、わたし、庭に出ていたんです。野良猫がフンをしていないかどうか、確認するために。もちろん、玄関に鍵なんかかけませんでした。家の中で物音がしたように思ったので、気になって戻ったら、突然、誰かが家から飛び出してきて。泥棒だと思いました。それで、追いかけたら、門を出たところで突き飛ばされて……あとはよく覚えていないんです。気がついたら、瀬戸さんの奥さんが目の前にいて……」

「そうですか」

陽平は、はあ、と感じ入ったような声を出してから、「うちでも窃盗事件があったのは、ご存じですよね？」という話につなげた。「ゴミ捨てに出たあいだに入られて、妻の財布が盗まれたんです。財布は見つかりましたが、中身が抜き取られていて」

「奥さんから聞きましたし、回覧板でも読みました」

答える大山さんの目に不安げな色が宿る。

「大山さんのお宅は、何か被害がありましたか？　盗まれたものはありませんでしたか？」

陽平が、冷静な口調で質問した。

「それが」

と、大山さんは首をかしげた。「警察にも聞かれたんですけど、その……よくわからないんです。家に大金は置いてないですし、お財布もバッグの中にありましたし。宝石類も調べたけど、一つ指輪がなくなっているような気がして……。でも、わたしがどこか別の場所に置いたのを忘れているだけかもしれないし。だから、被害は？　と聞かれても、はっきり答えられないというか……。まったく、情けないですね」

「わたしも同じ立場になったら、同じように答えるかもしれません」

と、容子は、大山さんに同情して言った。容子も指輪をしまい忘れて、キッチンカウンターに置いたままにしてしまうことはよくある。

「ほんの短い時間だったのかもしれませんね。留守だと思って鍵のかかっていない玄関から侵入したら、庭にいた家の人に気づかれてあわてた、そういう状況だったのかも」

と、陽平も言った。

「同じ人物かしら」

容子は、客人へというより夫へ向けて言った。中学生の和輝でさえ、そういう推理をしていたのだ。「犯行時間帯も一緒だし、このあたり、治安が緩くて入りやすいと思われていたら怖いわね」

「いや、同一犯ではないと思うよ。一度事件が起きて防犯意識が高まっている地域だけに、いくら何でも警戒して近づかないだろう」

「でも、じゃあ、人のものを盗もうとする悪い人が、うちに入った人のほかにもいるってことじゃないの。それって、すごく恐ろしいことよ」

「そうだよ、怖いことだよ。それだけ、こちらもより用心深くならないといけない」

「あの……」

夫婦の会話に、大山さんが遠慮がちに言葉を挟んだ。

「あっ、ごめんなさい。大山さんのご家族も、さぞかし心配されたことでしょう?」

客人の存在を失念したのを恥じて、容子は言った。

「ええ、まあ。主人は、ずっと海外にいるんですよ。海外赴任はもう二年になります。主人の母が亡くなってあの家が空いたので、引っ越すことに決めたんですけど、主人は実家を片づけるためと引っ越し作業のために、二度戻っただけなんです」

「そうだったんですか。お子さんたちは、その……」

確か、二人いたはずだ。うわさ程度でしか聞いたことがないので、容子が言葉をとぎらせると、

「二人とも一緒には住んでいません。上の子は会社員で、千葉に住んでいますし、大学生の下の子は、都内で一人暮らしをしています」

と、大山さんは答えた。

「じゃあ、あの家には大山さんがお一人で?」

「そうです。でも、一人暮らしであることは大っぴらにしたくなくて。家に女が一人だとわかると不用心ですし」

「そうですね。玄関に男物の靴を出しておいたり、ダミーの男物のシャツなんかを干しておいたりしたほうがいい。そう聞いたことがあります」

「ありがとうございます。気をつけます」

容子のアドバイスに礼を言って、辞去しようと腰を浮かせた大山さんに、

「ご自宅までお送りしますよ」

と陽平が言い、立ち上がった。

「近いから大丈夫です」

「いえ、あんなことがあったあとです。夜ですし、近くてもお送りします」

きっぱりと言い切った夫が、容子にはひどく頼もしく感じられた。

マウントを取ることに命をかけているように見えた大山さんが、あまりにもおとなしくなったのに驚きはしたが、あんな怖い目に遭ったあとである。ショックが大きかったのだろう。これからは、近所に住む人間として力になってあげよう、と容子は決意した。

2

一人きりの夕飯は、質素なものと決まっている。今夜の夕飯の献立は、冷凍してあった野沢菜とかぼちゃのおやきに、小松菜のインスタント味噌汁に冷やしトマトだ。

ビールもワインも口にする気にはなれなかった。真紀の頭を占めていたのは、いま「秋

山」で繰り広げられているであろう忠彦と島村のやり取りだった。

三日前、安曇野散策を終えてレストランで地ビールを飲んでいたとき、島村から忠彦に電話がかかってきた。

――近々、長野市のホテルで起業家を集めた会合があり、それに出席することになっている。それを終えたら、特急しなのに乗って松本まで行ってみようと思う。たまにはローカル線に乗って、鉄道の旅を楽しみたい。大阪ではゆっくり話せなかったから、次はじっくり話したい。清水のお勧めの店で一緒に飲みたいな。

そういう内容だったという。

忠彦は、「ああ、いいよ。店を予約しておく」と応じて切った。

「大阪で久しぶりに会って旧交を温めたら、一気に懐かしさが募って、また会いたくなったんじゃない？　今度は、忠彦が住んでいるこの松本で」

島村の電話の意図を真紀がそんなふうに解釈したら、忠彦はむずかしい顔をして黙っていた。

それきり、島村の話題には何となく触れないようにして、今日に至った。そして、けさ、「じゃあ、今日は『秋山』で島村と飲んでくるよ」と言って、忠彦は出勤したのだったが
……。

飼い主が質素な夕食でも、ニシンの食事はいつも変わらず、メニューが決まっている。片瀬敏子に勧められたキャットフードである。そのニシンにも食事をさせて、風呂に入ろうとしたとき、忠彦から電話がかかってきた。

「島村が、君の顔を見たいと言っている」

「えっ？」

躊躇していると、「もしもし？　清水真紀さん？」と、その島村の声に切り替わった。忠彦のスマートフォンを奪ったらしい。声が大きいのは、すでにかなりお酒が入っているせいだろうか。

「島村です。せっかくここまで来たんだから、清水の選んだ女性に会ってみたくなってね」

「はじめまして」

夫がお世話になっています、とひととおりの挨拶を述べてから、忠彦に電話をかわってもらった。

「わたしが行っても大丈夫？」

「君も来ればいい。場所をバーに移すから」

忠彦は、来ても大丈夫だよ、という言い方ではなく、来ればいい、と言った。その返答の仕方で、真紀は、〈君も来て確かめてほしい〉というニュアンスを感じ取った。場所も知り合いの店から静かなバーにかえるという。深刻な話題になるのだろうか。忠彦は、自分以外の人間の目で何かを確認してほしがっている、そう真紀は悟ったのだった。

身じたくを整えて、ニシンの目をまっすぐに見ると、「ごめんね、いつもお留守番させちゃって。でも、またお留守番お願いね」と言い置いてから、アパートを出た。

中町《なかまち》通りの蔵造りのバー「バローレ」へ向かう。松本は「BARの街」とも呼ばれており、街のあちこちにバーの看板を見かける。

階段を上って二階へ行き、アーチ型の木製扉を開ける。ここに来るのは、二度目だった。いま「秋山」で働いている裕次郎がまだ自分の素性を明らかにしていないときに、三人で会った店だ。

「やあ」

と、真紀の顔を見るなり、テーブル席で手を上げ、立ち上がった男がいた。長身で肩幅が広く、胸板の厚さがスーツを通してもわかるような立派な体格の男だ。それが島村だということは、隣に忠彦がいたのでわかった。四角い顎の形が意志の強さを表している。

シーリングライトは控えめで、壁やフロアの間接照明が演出効果を上げている店内。カウンター席にカップルが三組と男性の一人客がいて、一人客は常連なのかバーテンダーと会話を交わしている。

「妻の真紀です。夫がいつもお世話になっております」

ふたたび社交辞令的な挨拶をすると、

「いいから、いいから、座って。何か飲もうよ」

と、島村が急かした。島村も忠彦もハイボールを飲んでいる。

「じゃあ、わたしは……」

カクテルを一杯だけと決めて、バーテンダーにサイドカーを注文する。

「思ったとおりの女性だね」

島村は、気やすい口調で話しかけてくる。「スラッとした美人で、清水にお似合いの女性だな。サイドカーもいいチョイスだし」

「ありがとうございます」

お世辞でも、言葉どおりに受けておく。

カウンターの向こうでシェーカーを操るバーテンダーの手元を見ながら、島村は、「東京や大阪に負けないくらい、松本にもすてきなバーがあるんだね。街中で何軒か見かけた。都会よりゴミゴミしてなくて雰囲気がいい」と、松本の街の印象を語っていた。

サイドカーが運ばれてきて、三人は乾杯した。

「俺のこと、こいつからどういうふうに聞いている？」

島村の口調が、さらにくだけたものになった。

「どうって……」

「いいよ。本当のことを言ったら？」

真紀に視線を向けられて、忠彦が首をすくめて言った。

「高校時代、ライバルだったと聞いています。成績は互角だったけど、島村さんはスポーツ万能で、何をしてもかなわなかったとか」

「それで？」

と、四角い顔をやや紅潮させた島村が促した。

「唯一、島村さんに勝てたのは、自転車だったとか。奈良と大阪の境の峠を自転車で駆け上ったんですよね？」

「そのとおり。何だ、清水。おまえ、奥さんに正確に伝えているじゃないか」

と、島村は、目を見開いておどけた表情をしてみせた。

「うそをついたとでも思ったか？」

「まさか」

島村は、忠彦にそう切り返して、「でもね」と、真紀のほうへ身を乗り出してきた。「こいつ、俺を持ち上げるふりをして、本音ではどう思っているかわからない。案外、自分のほうが上だと思っていたりして」

「聞き捨てならないなあ」

と、忠彦が眉根を寄せて応じたが、島村と同様に顔は笑っている。

「だって、そうだろう？　俺を疑っておいてさ」

なあ、そうだろう？　と、忠彦に同意を求めておいて、その顔を真紀に振り向けてきた。

「こいつ、俺が人殺しだと疑ったんだよ」

「えっ、どういうことですか？」

はじめて聞くような表情を作って、真紀も眉根を寄せた。

「久しぶりに連絡がきて、大阪で会ったのはいいけど、何だか様子が変なんだよな。特定の日のことやその前後のことばかり聞いてくる。ああ、これは、それとなく俺のアリバイを確認しているんだな、と勘づいたよ」

「アリバイだなんて……」

合いの手を入れてみたが、忠彦は、弱い笑みを浮かべて黙ったままだ。これは、島村の好きなように語らせる作戦なのだな、と真紀は理解した。

「それで、調べてみたよ。その日に長野市今井で殺人事件が起きていた。一人暮らしの七十一歳の女性が自宅で物盗りに絞殺された。こいつは、久しぶりに会ったというのに、仕事の話や結婚生活の話などから始めない。つまり、近況報告から始めなかった。すぐに語り出したのは、昔の自転車の思い出話。で、『自転車での日本一周の旅は実現させたか？』ときただろう？『いまも自転車に乗っているか？』とか『自転車で遠出はするか？』って質問されてね。ああ、事件に自転車が絡んでいるんだな、と結びついたよ。おまえほどではないにしても、俺にだって推理する能力はある」

「考えすぎだよ」

とだけ忠彦は返した。

「そうかな」

と、島村は、探るような目を旧友に向けてから、小さく舌打ちして言葉を重ねる。「俺には前科があるからな。それで、疑われたんだろうけど」

「前科って……」

あのことか、と真紀は思いあたったが、黙っていた。高校三年生の夏休み、糸魚川―静岡構造線の自転車二人旅。その途中、島村は、民家の敷地内に落ちていた一万円札を拾って自分のものにしてしまったという。

「拾った一万円を警察に届けなかっただけで犯罪者扱いされて、殺人の疑いまでかけられるなんて、情けないというか……」

島村は、唇を歪める笑顔を見せて首をすくめると、「あれ？　このエピソード、奥さんには話していないのかな」と、真紀のほうへ顔を向けた。

「まあ、それはさておき」

真紀が黙ったままでいると、島村は、ため息をついて話を続けた。「あなたの夫は、さっき、俺に勝ったのは自転車だけだと言ったけど、実は、彼にはもう一つ自慢できるものがある。それが何か奥さんにはわかるかな？」

話の流れで、答えはわかっていた。だが、忠彦のためにもここでは言わないほうがいい、と思った。それで、「さあ、何でしょう」とはぐらかした。

「さっきの推理する能力だよ」

と、島村が回答した。「清水の洞察力、推察力、物事の本質を見抜く力はすごいと思う。これには誰もかなわない」

「そうなんですか？」

真紀はとっくに気づいてはいたが、とぼけてみせて、忠彦のためにもさらに島村から情報を引き出そうと試みた。

「清水は推理小説が好きで、図書館に入り浸りになるくらい読んでいたからね。なあ、そうだろう？」

「それは認めるよ」

忠彦は肩をすくめて、「だけど、それで洞察力や推察力、物事の本質を見抜く力が養われたとは思わない」と、謙遜して言った。

「三年の夏休みに、静岡から糸魚川まで全行程三百キロ。自転車で走破したことは、もちろん、清水から聞いていることと思う」

と、島村は、また真紀に語りかける。「あれで大きな達成感と自信を得て、受験勉強へと気持ちを切り替えた。俺たちの第一志望校は同じだった。結果は、俺が受かって清水は落ちた。そのことで、こいつは挫折感を味わったかもしれないけど、それは違う。受験勉強に集中せずに、推理小説なんか読んでいたせいだよ。洞察力や推察力、物事の本質を見抜く力で終わってくれればよかったのに、こいつの場合は、余計な妄想力までついてしまった。とてつもない妄想力が。俺を殺人者だと思い込む妄想力が」

「そうなの？」

真紀は、忠彦に形だけ確認を求めたが、

「そういうことにしておくよ」

と、忠彦は、相変わらず笑顔で受け流しているだけだ。

「まあ、いいだろう」

島村は、大きくため息をつくと、ハイボールの残りを飲み干して、「もう一杯ください」と、カウンターに向かって注文した。そして、忠彦のグラスを見やって、「減りが遅いな。つき合い悪いぞ」と睨むまねをした。

真紀もミネラルウォーターを頼んだ。ウィスキーベースのサイドカーは、口あたりがよいがアルコール度数は高い。ここで酔ってはいけない。頭をクリアな状態にさせておこう、と自分を鼓舞する。笑顔でいながら神経を研ぎ澄ませている忠彦の心理状態は、夫婦だから手に取るようにわかる。

「それでさ、自転車日本一周の旅の件だけど」

新しいハイボールのグラスに口をつけて、島村がその話題を切り出した。「あの計画は無謀だったよな。あのときは若かったから、怖いものなしで、何でもできるような気がしていたけど、ある程度人生経験を積んだら、自転車での日本一周の旅なんて無謀そのものだとわかったよ」

「そうですか？　島村さんは、ワーキングホリデーの夢も叶えて、イギリスへ行かれたんですよね？　だったら、自転車で日本一周するのもその気になればできるのでは？」

静観し、観察する役目の忠彦に代わって、真紀は質問役に徹する。

「自転車で日本一周するのに、どれだけの日数がかかると思う？」

「さあ。半年くらいかしら」

「日本一周するとなると、大体一万二千キロ。一日の走行距離が六十から八十キロとすると、日本一周するのに百五十から二百日くらいかかる計算になる」

「七か月くらいかかる計算ですね」

「社会人がそんなに長期の休暇をとれると思う？」

「会社によってはとれるかもしれませんね。あるいは、すっぱり辞めてしまうとか。島村さんは、ワーキングホリデーを利用するために証券会社を辞めたんですよね？」

「あのときは……我ながら思いきりよく辞めたものだと感心するよ。だけど、あのときは、自分の中に知識や経験を積み重ねて、帰国後にステップアップするという明確な目標があったからね。しかし、自転車で日本一周したからって、それをキャリアとして次の転職に生かせるとは思えない。冒険家になるなら別だけどね。年齢を重ねれば、転職はむずかしくなる」

島村は、ふっと気が抜けたような笑いを作って言った。

「でも、あのころ、いろんなパターンを考えて、アイディアを出し合ったじゃないか」

島村と真紀。二人のやり取りになっていたところに、ようやく忠彦が割り込んだ。

「ほら、継続的に旅するのは無理でも、細切れに休みをとって、自転車を走らせるとかね。今回の休みはここまで。次の休みは、前の到達地点から出発してどこまでと決めて走る。毎回、出発地点まではほかの交通機関を使っていくことになるし、自転車も運んでもらわないといけないから金はかかるけど、大きな会社に勤めて金を稼げばいい、ってね。違う考え方もしてみた。同じ区間を往復で走行して、全走行距離が日本一周に相当する距離に達すればいい。つまり、一万二千キロ走ればいい、って考え方。スポーツジムでエアロバイクをひたすら漕ぐのと変わらないかもしれないけど、達成感を得るだけが目的であれば、そういう方法もある。そんなふうにアイディアを出し合っただろう？」

「ああ、覚えているよ」

島村は深くうなずいてから、「しかし」と、逆接の接続詞につなげた。「俺の目的とは真逆で、そんな案は却下したね。日本一周自転車の旅。その魅力は、直接肌に風を感じながら知らない街を自転車で走り回る爽快感や、旅の途中で出会う人たちとの触れ合いを得ることじゃないか。ただ長い距離を走ればいいってものじゃない」

「だから、日本一周自転車の旅は、島村さんにはもう無理だとおっしゃるのですね？」

「うん、もう諦めたね。だから、予行練習もするはずない。いま住んでいるところに自転車なんか置いてないし、実家の自転車も物置きにしまったままだしね。たぶん、ほこりをかぶっているさ」

真紀の総括を含んだ問いに、きっぱりと答えてから、島村は身体ごと忠彦へ向けた。

「そういうことだから、俺は潔白」

「最初から、微塵《みじん》もおまえを疑ってなんかいないよ」

忠彦は、ふざけるでもなく真顔で返した。

「話題を変えようぜ」

手を広げて大きく伸びをしてから、場の空気を変えるように島村が言った。「で、どう？　結婚生活は？　東京から転勤してきて、松本の住み心地はどう？」

「住みやすいところだよ」

と、忠彦が最後の質問だけに短く答えた。

「奥さんのほうは？」

と、島村が真紀に質問を振ってくる。

「わたしも住みやすいところだと思います。自然に恵まれているし、食べ物も水もおいしいし。友達もできて、快適に暮らしています」

「じゃあ、子育てにも向いている環境じゃないのかな。君たち、子供はまだ……」

つくらないの？　という言葉を呑み込んだらしい。島村は、口が滑ったという顔をして、

「こういうのは、いまの時代、会社ではセクハラになってアウトだよね」と言った。

「子供のことは、考えてますけど」

真紀は、そう切り返して、「島村さんは結婚しないんですか？」と聞いた。これも、いまの時代、会社では無神経な質問に相当するかもしれない。

「君たちを見ていると、結婚もいいなあ、と思うけどね。残念ながら、いまのところ出会いはない」

「焦る必要はないと思いますよ。いまは結婚年齢が遅くなっているみたいですし。結婚自体に夢を持てない若者も増えているといいますね」

一般論を口にしただけだが、

「そうだ、そのとおり。結婚に夢なんか持てないよね」

と、島村が大仰に反応したので、真紀はちょっと面食らった。

「俺のまわりでも、同世代で結婚してないやつが多くてさ。清水のところはどう？　妹さんがいたよな。彼女、結婚は？」

「していない」と、忠彦が簡潔に答える。

「うちも妹がいますけど、まだ結婚していません」

結婚する予定ではいるが、ここで私的な話に言及する必要はないだろう、と真紀は判断した。

「ほら、そうだろう」

我が意を得たり、と言わんばかりに島村は肯首する。「清水のところも奥さんのところも、きょうだいは独身だろう？　うちもそうなんだよ。俺の弟も独り身でね」

「三歳下の弟さんだったよな。弟さんは、いまどこに？」

と、忠彦が聞いた。

「実家にいるよ。うちでイラスト関係の仕事をしているけど、ちゃんと仕事になっているのかどうか。フリーだから、余計、結婚が遠のいているのかもな」

「島村と弟さん、仲がよさそうだったじゃないか。キャッチボールや囲碁を一緒にやったりしてさ。弟さんは、ずいぶんおまえを慕っていたよな」

「ああ、そうだったなあ。懐かしいね」

忠彦の思い出話に、島村も感慨深げにうなずいた。

「いまでも仲がいいのか？」

「まあな。彼女がいない同士で気が合うというか。休みの日に家に帰って、一緒に映画を観にいくこともあるよ。そういえば、あの日は、弟が映画を観たと言っていたな。いつもの映画館で。ほら、清水、おまえが俺のアリバイをそれとなく確認したあの日だよ」

3

島村の宿泊先は、中町通りを出て大名町《だいみようちよう》通りに面したホテルだった。昔、銀行だった建物を改装したホテルで、縄手《なわて》通りや松本城にも近くて観光客に人気がある。

ホテルの前で別れた二人は、松本城方面へと向かった。お城の公園を抜けてバス通りに出て、北西へ五分ほど歩くと自宅アパートに着く。

忠彦は考え事をしているのか、黙って夜道を歩いている。公園に足を踏み入れたところで、ようやく口を開いた。

「『秋山』で飲みながら、会合があったという長野のホテルの名前を島村から聞き出した。『ホテルメトロポリタン』だった。今日、そこの宴会場で開かれた会合は一件だけ。県の薬剤師会の会合だった。起業家の会合なんて、今日はなかったんだよ。バーに移動する前に、トイレに行くふりをして電話で確認したから間違いない」

「なぜ、島村さんは、そんなうそをついたの？」

うそをついてまで忠彦に会いに来たということだ。会わなければならない理由があったのだ。

真紀のその質問には少し考える間があって、

「うそにうそを重ねるためだったんだろう」

忠彦は、重たい口調で答えた。

第十二章　家族の陰影と揺らぐ現在

1

紅葉シーズンが過ぎると、松本平の山寄りの地域では、一気に冬がきたように冷え込む。市街地に住む真紀も、起床時に肌寒さを覚える日が増えた。春から夏、夏から秋、秋から冬、そして冬から春、と松本に越してきて、はじめて季節が一巡するのを経験することになるのだ。

外出時にジャケットや薄いコートが必要かな、と思われるようになったころに、片瀬敏子がリハビリを終えたという連絡が動物保護団体の芦辺から入った。「ほぼ一日自宅にいられる状態にまで回復したので、ぜひ遊びにきてほしい」と言う。

「ニシンも連れていったほうがいい？」

と、忠彦の見解を聞いたら、

「いや、まだニシンを連れていかないほうがいいだろう」

と、忠彦は言った。「片瀬さんは、ニシンの最近の様子を知りたくて、『返してほしい』ではなく、『遊びにきてほしい』と言ったのだろう。まだ体力に自信がないのかもしれないね。この先、ニシンを自分のもとで飼ったほうがいいのか、里親のぼくたちに預けて、いずれはぼくたちを飼い主にさせたほうがいいのか、見極めたいのだと思う。ニシンがいないほうが冷静な目を保つことができる」

「じゃあ、二人で行く？」

片瀬さんに忠彦を会わせたい気持ちも、真紀の中にはある。

「いや、真紀一人のほうがいいだろう。二人してニシンの日頃の様子を説明するうちに、ニシンがぼくにベタ惚《ぼ》れであることが伝わって、『やっぱり、ダメ。ニシンを返してちょうだい』となるかもしれないからね」

「片瀬さんがやっかむってこと？　そんなことあるかしら」

忠彦の自惚《うぬぼ》れぶりに呆れてしまう。

「まあ、それは冗談だけどさ。二人で行くと、ニシンにそれだけ執着していると思われるからね。片瀬さんにプレッシャーを与えることになる。真紀が一人で行って、客観的な目で、リハビリを終えた片瀬さんが飼い主として適格かどうか、体力的に万全かどうかを観察してくれればいい。それから、猫を飼うのに家の中で危険な場所はないか確認して、改善すべき箇所があったらアドバイスすればいい」

「わかった。責任重大だけど、がんばるわ」

「真紀が長野に行く日、ぼくは奈良に行く」

忠彦は、わずかに顔をこわばらせて言った。

「あのことを確かめたいのね？」

「ああ」

こわばらせた表情のまま、忠彦がうなずく。

真紀は、反対しなかった。万に一つの可能性でも、可能性としてこの地球上に存在する以上、その可能性を否定しなければ気がすまないのが、推理小説好きの忠彦の性格であり、それはそっくり真紀の性格でもあったからだ。

2

松本駅から篠ノ井線の電車に乗り、一時間十分あまりで長野駅に着いた。善光寺口の反対側の東口から出て右方向へ歩き出す。まっすぐ進むと、五分もしないうちに前方に緑の森が見えてきた。それが若里《わかさと》公園で、隣接して県民文化会館、通称ホクト文化ホールがあるという。

片瀬敏子の自宅は、閑静な住宅街の一角にあり、すぐにわかった。道路を渡った公園内には図書館もあって、文化的で住みやすい環境のようだ。

「真紀さん、いらっしゃい。拙宅までようこそお出でくださいましたね」

玄関に迎えに出た片瀬敏子は、想像以上に体力を回復しているように見えた。足を引きずったり、腰をかがめたりする動作は見せない。

「もうお身体は回復されたのですか？」

「ご覧のとおり」

片瀬敏子は、その場で足を少しずつずらして動かしながら、ゆっくりとだが回転してみせると、「リハビリ、すごくがんばったのよ。担当の理学療法士さんに驚かれたくらい。若くてイケメンの担当さんだから、こちらも力が入っちゃってね」と続けて、いたずらっぽい目をして笑った。

「それはよかったです。これ、松本のおみやげです」

真紀は、老舗の洋菓子店「マサムラ」で購入した「天守石垣サブレ」の包みを渡した。

松本城のイラストが描かれた箱に詰められた、ホワイトチョコを挟んだマカダミアナッツ入りのサブレで、忠彦の好物である。

「あら、ありがとう。松本のお菓子ね。長野のお菓子には飽きがきていたから、すごくうれしいわ」

少女のような笑みを見せて、片瀬敏子は真紀を居間に案内した。

「ご主人も一緒に連れてくればよかったのに」

台所に立ってお茶の用意をしながら、片瀬敏子が言った。自然な立ち居振る舞いを見るかぎり、リハビリをがんばったという彼女の言葉に偽りはないのだろう。

「夫とニシンはお留守番なんです」

と、真紀は答えた。実際は、忠彦は奈良へ行き、ニシンは晴香の家で預かってもらっている。前々から「今度、ニシンを連れてきて。うちのアミカと遊ばせたいから」と、晴香に頼まれていたのだ。猫同士、相性が合うかどうか、試してみたいのだという。いまごろどうしているだろう、と二匹の猫がじゃれ合っている場面を想像していると、

「おもたせで悪いけど、いただくわね」

片瀬敏子が、皿に載せた「マサムラ」のサブレと紅茶を運んできた。そして、「お仏壇にもお供えしてくるわね」と言って、座をはずした。廊下を挟んだ和室の一つが仏間にな

っているようだ。

真紀は、室内を観察した。畳に絨毯が敷かれており、その上にテーブルと椅子が置かれている。立ったり座ったりの生活が負担になる高齢者には、洋風の生活は快適だ。

ふと見ると、テレビの横の壁にカレンダーに並んで紙が二枚貼ってある。

——転ばぬ先の杖

——命名　二信改めニシン

どちらも半紙に墨で書かれている。

「あれは？」

戻ってきた片瀬敏子に問うと、

「あら、恥ずかしい」

と、片瀬敏子は口に手をあててから答えた。「転ばぬ先の杖。その諺《ことわざ》は本来、失敗しないように前もって準備しましょう、って意味だけど、わたしの場合は、転ばないように気をつけましょう、って自分への戒めよ。足の骨折がどれだけ生活に不便をもたらすか、リハビリがどれだけ過酷なものか、身に染みてわかったからね」

「もう一つは……わかります。ニシンの名前の由来ですね。それにしても、きれいな字ですね。片瀬さんがお書きになったんですか？」

「ええ、そうよ。書道は小さいころから習っていたから」

「達筆ですね。わたしも習いたいくらいです」

お世辞ではなく、心からそう思って言った。忠彦には「繊細できれいな字だよ」と褒められるが、小さく書く癖があって、真紀は自分の字が好きになれない。

「若いころは、人に頼まれて筆耕のバイトをしたこともあったのよ。ほら、デパートの贈答品売り場なんかでね。結婚式の招待状の宛名書きを頼まれたこともあったわ。そういうのは、いまはどうなのかしら。便利なソフトが出ていて、全部パソコンで書けちゃうのかしらね」

「でも、学校では習字の時間もあるし、大人になってから書道を学び直そうという人もいるし、筆で書く魅力は忘れられていないと思います。墨を磨るだけで心が落ち着きますし」

「そうね、確かに墨を磨るときは無心になれるわ」

そんな会話を交わしながら、口に運んだサブレを「おいしい」と、二人同時に声に出したのを笑い合ったあと、「ニシンは元気?」と、片瀬敏子が核心の話題に触れた。

「はい、元気です」

口が裂けても、数時間、行方不明になっていた事件のことは語れない。「どちらかというと、わたしより夫になついていますけど。夫のあとばかりついて回ります」

「あら、そうなの？　不思議よね。猫にも相性ってあるのかしら。ニシンも、わたしの家より文枝さんの家のほうが居心地がよかったみたいでね」

「でも、ここは広いから、ニシンにとっては遊び場がいっぱいあって、楽しいんじゃないでしょうか。少なくとも、わたしがいま住んでいるアパートよりは」

そう返して、真紀はまた部屋を見渡した。松本のアパートの一室と、長野の一戸建て。どちらがニシンにとって良好な環境か、比べるまでもなく明白だと思った。

「家の中を案内しましょうか」

唐突に、片瀬敏子が立ち上がった。真紀は、「猫を飼うのに家の中で危険な場所はないか確認して、改善すべき箇所があったらアドバイスすればいい」という忠彦の言葉を思い出した。

「二階はふた部屋あるんだけど、娘が家を出てからは使ってないのよ。大学が東京で、そのままあっちで結婚して、いまは千葉に住んでいるの」

廊下に出ると、片瀬敏子は、二階に上がる階段を指差した。「でも、自宅でのリハビリのつもりで、たまに階段を上ったり下りたりしているわ」

廊下に面して仏間と和室が並んでいる。手前の和室は縁側に面している。

「日あたりのいいこの部屋は、主人の両親の部屋だったの。五人で住んでいたんだけど、いまはわたし一人になってしまって」

と、片瀬敏子は、寂しそうに語った。

義父母の部屋だったという和室に面した縁側。その床に違和感を覚えて見ていると、

「そこが継ぎはぎみたいになっているでしょう？　娘が小学校に入ったころだったかしら、主人が『父さんと母さんのために、ふた間続きの和室がほしい』と言って、庭を削って増築したのよ」

「だから、縁側が延びたんですね」

真紀は、長くなった縁側を端まで歩いて言った。「ニシンの日向《ひなた》ぼっこに最適な場所ですね」

――縁側と猫。

いい取り合わせだと思った。縁側のある一戸建て。やっぱり、ニシンはここで暮らすべきではないか。片瀬敏子も目を細めながら、縁側から庭を愛しそうに眺めている。

ところが、居間に戻った片瀬敏子は、真紀が最前感じたことを覆すようなことを口にした。

「この家は、一人で住むには広すぎる。鍵一つで住めるマンションに移ろうと思うの」

「引っ越しを考えていらっしゃるんですか？」

「そろそろ終活の時期じゃないかな、と思ってね」

「娘さんのお近くに？」

「ううん、この近くか、県内で探そうかと思っているわ」

「そうですか。でも、ニシンが住むにはこの家は最適な気がするんですけど」

ニシンの処遇をどう考えているのか、探るためにそう水を向けると、

「そうねえ、猫は飼えないかもね」

手放す気なのか、わたしたちに託す気なのか。はっきり気持ちを聞いたほうがいいのか、
真紀は逡巡していた。

「それに、あんな事件もあって、わたしみたいなおばあちゃんが、一軒家に一人で住む怖さを思い知ったから」

その発言が決定打になった。

——片瀬さんは、もう心を決めているんだ。

真紀は、期待で胸が膨らむのを感じた。

「真紀さん」

名前を呼んで、片瀬敏子は、まっすぐに真紀の目を見つめた。「ニシンをよろしくお願

いします」

「それじゃあ……」

「ニシンの新しい飼い主になってくださいね」

「いいんですか？」

心残りはないですね、と念を押したつもりだった。

「よろしくお願いします」と、片瀬敏子は頭を下げる。

「あの……松本に引っ越されてはどうですか？」

「えっ」と、片瀬敏子が顔を上げた。

「そしたら、お好きなときにニシンに会えるじゃないですか。長野もいいところかもしれませんが、松本もいいところですよ」

「でも、寂しくないかしら。真紀さんのほかに知り合いもいないし」

「大丈夫です。片瀬さんならすぐにお友達ができますよ」

真紀は、前のめりになって夢中でたたみかけた。「そう、東京から移住した先輩がいます。年齢は片瀬さんより少し上で、七十代半ばくらいでしょうか。その方もご主人を亡くしていて、息子さんと一緒に小料理屋を開いているんです。女鳥羽川沿いのマンションに住んでいます。ああ、そうだ。そのマンション、空いている部屋があるかもしれません。

聞いてみましょうか？」

「ああ、ええ。でも、いちおう、こちらでも物件をいろいろあたってから、お願いしようかしら」

「わかりました。早めにご連絡ください」

そう応じた真紀の声は弾んでいた。

3

心の準備はできていたつもりだった。けれども、現実にその場面に直面すると、異様なほどうろたえてしまった。

忠彦が奈良へ行った一週間後に、ふたたび島村が松本にやってきた。

今度は、前回と違って、直接、城西のアパートに。もっとも、それも忠彦が予知していたことではあった。「島村は、必ずまた松本に来るよ。いきなり、うちを訪ねてくる可能性もある。『秋山』で飲んだときに聞かれて、住所を教えてある。待っていればいい」と。

訪問する前に連絡しただけ良心的だったと言うべきかもしれない。今回も、前回と同じホテルに宿をとったという。

夜の八時を過ぎていた。休日なので、早めに夕食を終えて、これから順番に風呂に入ろうというときだった。

「なかなかいい部屋じゃないか。思ったより広めで」

と、部屋に入った島村は、芽衣と似たような感想を口にした。

「松本だからね。住宅事情は都会より恵まれているかもな」

と、忠彦が返した言葉は、真紀が妹に返したそれとほぼ同じだった。

「いきなりで悪かったな。休みの日に。松本の新居ってのを見たくなってさ。ほら、俺は、イギリスにいて君たちの披露宴には出られなかっただろう？　だから、新婚家庭を見たくなったというか……」

おどけて言ったつもりだろうが、頰のひきつりは隠すことができない。突然訪問したことの理由にはなっていない。結婚して三年。もう新婚家庭と呼べる時期を過ぎている。

真紀は、胸が押し潰されるような思いがして、客人から忠彦へ視線を流した。

「まあ、座れよ」

と、その忠彦は、冷静沈着さを失わずに島村にダイニングテーブルの椅子を勧めた。広めのダイニングキッチンとはいえ、ソファを置くようなスペースはない。

「何か飲みますか？　ハイボールを作りましょうか？」

切り出される話題は予想できている。アルコールがあったほうがいいだろう。そう思って聞いたが、「いや、結構。今夜はしらふでいたいから。できればコーヒーで」と、島村が真顔で答えた。

早く本題に入りたかった。それで、インスタントコーヒーにして、客人と夫の分だけ運んだ。そのあいだ、男二人は黙って見つめ合っていた。

「何のまねだ」

テーブルにコーヒーが置かれたところで口火を切ったのは、島村だった。「先週、俺の実家のまわりで聞き込みをしただろう」

「ああ」

忠彦は、「聞き込み」という警察用語を使われても、否定はしなかった。

「どうして、この二週間、俺に連絡してこない」

「おまえのほうから来るのを待っていたからさ」

高校を卒業して十五年。見つめ合うというより睨み合う男同士。その張り詰めた空気に耐えられなくなり、真紀は、コップに水を汲むために席を立った。「真相」に行き着いても、旧友を追及せずに彼が行動を起こすのを待っていたのは、「猶予」を与えるためだとわかっていた。

「弟さんとは話し合ったのか？」

弟と聞いて、島村の眉がぴくりと動いた。

「巧《たくみ》を見たのか？」

島村は、質問に質問で返す。

「いや」

「近所への聞き込みだけか」

「ああ」

うなずいて、忠彦はこう言葉を継いだ。「おまえの弟さん、島村巧君は、ずっと家に引きこもっているという。そうだろう？」

「それは認める。高校の途中から学校に行かなくなって、家にこもりきりになった。原因は何かわからない。その当時、俺は大阪にいたからね。人間関係が原因だったのか、学業の躓《つまず》きが原因だったのか。一つ思いあたる節があるとすれば、志望した高校に入れなかったことだね。そう、俺たちの母校に。巧は私立の高校に入った」

「志望校に入れなくて、自信を失ったということですか？」

水の入ったグラスを持って戻ると、真紀は言った。

「さあね。母親によれば、最初は普通に通っていたという話だけどね」

島村は、ふうと息を吐いてから、「なあ、清水」と忠彦へ呼びかけた。「いつから弟を疑っていたんだ?」

「バーで話したときからだよ」

忠彦も、大きく息を吐いて言った。「島村、おまえは、唐突に結婚の話題からきょうだいの話題にもっていった。ぼくに妹のことを聞いて、流れで弟のことに言及した。殺人事件のあった日に弟は映画を観ていた、とぼくたちに印象づけたいがためにね」

「それじゃ……」

島村は顔をしかめて、頭を大きく左右に振った。「弟の話題を出したことが裏目に出たってわけか。俺は、余計なことを口走ってしまったのか」

いや、そうじゃない、と真紀は心の中でつぶやいた。推理力抜群の忠彦である。あのとき、島村が弟の話題に触れなかったとしても、早晩、真相にたどり着いたに違いない。忠彦から「真犯人」を明かされたときの驚きがよみがえる。

「全部、俺が悪いんだ」

島村は言って、出されたコーヒーに視線をあてた。が、飲もうとはしない。「実家に昔のノートをそっくり残したままにしておいた俺が。自転車日本一周の旅のメモとか、将来の夢とかいろいろ。思いつくままに書き連ねたノートを、あいつは見つけ出して読んだんだ。巧は変わりたかったんだ。自分を変えたかったんだ。自分を変えるきっかけがほしくて、それがたまたま目についた自転車だったんだよ」

「兄であるおまえの夢を、弟の巧君が叶えようとしたんだな」

忠彦が島村に投げかけた言葉で、真紀の脳裏に芽衣の顔が浮かんだ。真紀自身も、姉である自分と妹を比べてしまうことから逃れられずに苦しんでいたのだ。島村巧も、何とかして優秀な兄に追いつき、できれば追い越したいともがき苦しんでいたのではないか。

「わからない」

と、忠彦の言葉を受けて島村が言った。「ただ、何か行動を起こさなければ、と急かされるような気持ちでいたのは間違いないと思う。引きこもったままでいてはいけない、外に出ていかなければ、という気持ちは強く持っていたはずだ。巧は本来、素直で快活な子だった。小さいころから俺のマネばかりしていて、かわいいやつだった。どこかで、何かで歯車が狂っただけなんだよ」

「素直で快活な子だった、というのは、島村家に何度か遊びにいったぼくも知っているさ」

忠彦は、少し笑みを浮かべて応じてから真顔に戻って、奈良へ「聞き込み」に行ったときの話を続けた。「自転車に乗った巧君を、近所の人が目撃していた。『自転車に乗って外出するなんて珍しい』と驚いていた。後ろの荷台に荷物をいっぱいくくりつけて、薄汚れた格好をしていたという。旅から一時的に帰ったときだったのか。自転車は物置きでほこりをかぶってなんかいなかったんだね」

島村は、黙ってうつむいている。

「巧君は、どういうルートで自転車を走らせたのかな」

忠彦が聞くと、島村は顔を起こした。

「それは、巧自身もよく覚えていないらしい。俺がノートに何の気なしに書いた『海なし県を走行する』というプランが気に入ったらしくてね。岐阜、長野、埼玉、栃木、群馬と、スマホの地図を見ながら国道や県道を探して、風の向くまま気の向くままに走ったようだ」

「三県の県境もか？」

「ああ」

「三県って、具体的にどこ？」

首をかしげた真紀に、「埼玉、栃木、群馬の三県の県境だよ」と、忠彦が説明した。「県境が平地にあるのは珍しいんだ。たとえば、長野と富山の県境は、北アルプスの山頂に位置するだろう？　その三県の県境は、簡単に歩いて越えられるところに位置している。自転車の旅をするなら、三県の県境あたりを走るのもいい。昔、二人でそんなルートを思いついて、他愛もない夢を語り合ったんだ」

「神社や廃屋で野宿をしたりすることも？」

真紀がそう問うと、

「何泊かはしたようだね」

と、島村は答えた。「しかし、大半はビジネスホテルや旅館に宿泊したようだ。民宿やペンションにも。同じ地域に何日か滞在したことも。『気の向くまま』『気ままな旅』という俺の書いたワードに惹かれたみたいでね。それでも、引きこもった時期が長かったせいか、あまり目立つのは嫌だったらしい。自転車につけた幟はただの黒い布切れで、何も文字は書かれていない」

「旅費はどうしたんだ？」

そう質問したのは、忠彦だった。

「だから、俺が悪いと言ってるだろう」

答えた島村の目は、真っ赤に充血していた。「去年、親父が亡くなったんだ。おふくろは腎臓が悪くて、パートの仕事しかできない。家には仕事に就かず、引きこもっている息子がいる。おふくろの苦悩もわかる。見かねて、俺が生活費を援助していた。そこから旅費が出ていたんだと思う。だから、俺が悪いんだ、巧を甘やかしていた俺の責任でもあるんだよ」

「旅の途中で、旅費が乏しくなったのかしら」

真紀は、遠慮がちに言葉を挟んだ。そろそろ殺人事件に触れてもいいだろう、と思った。

「殺すつもりはなかった、と巧は言っている」

いきなり島村は、そこから話し始めた。「その前にも、いくつか空き巣まがいのことはしたらしい」と前置きめいた言葉を続け、ちらりと忠彦に目をやる。

——高校時代の自分たちの自転車の旅。それを思い起こしているのね。

真紀は、島村の胸のうちを察した。あのとき、島村も他人の敷地に落ちていた一万円札を拾い、自分の懐に入れてしまったのである。微罪だと思っているかもしれないが、窃盗には違いない。

「鍵がかかっていない家の玄関から入って、部屋に置いてあったバッグを盗んだこともあるという。徐々にエスカレートしていって、土足で家に上がったこともあったらしい。あのときは……」

「鍵のかかっていない玄関から入って、目についた引き出しを探っていたら、台所にいた家の人に見つかったんだろう。で、叫び声を上げられて首を絞めた」

島村が言葉を切ったその先を、忠彦の推理が受けた。耳が遠かったという宮田文枝のそのときの恐怖を想像して、真紀の胸は痛んだ。

「ああ、そのとおりだよ」

島村は、うなずいて肩を落とす。「しかし、解せないのは、そこですぐに旅を中断しなかったことだ。巧は、それからも自転車の旅を続けたんだ。空き巣もいくつか繰り返したらしい」

「どうしてそんなことを」

と、詰問口調になったのは真紀だった。

「きょうだいだからって、あいつの心の中は俺にもわからんよ」

と、島村は頭を抱え込んだ。「ただ、あいつの話では、『成し遂げなければいけない』

『達成すれば、ぼくは捕まらない』というおかしな自信があったらしい。一種のおまじないだね。事実、犯人は捕まらないままいまに至っている」

「でも、結局、疲れ果てて、旅を中断して奈良に帰ったんでしょう？」

「足を捻挫《ねんざ》して、断念したようだ。身体が回復したら、また旅に出るつもりだったというよ」

「そんなの、信じられない」

真紀は、思わず叫んでたたみかけた。「殺された女性は、保護猫を飼い始めて、老後を猫とともに楽しく過ごしていたんですよ。猫の好きなお友達もいて。そんな彼女の平穏な日常、ささやかな幸せを奪っておいて、またのんきに自転車の旅に出るつもりだったなんて……」

「どうするつもりなんだ」

と、興奮した真紀とは対照的に、落ち着いた声で忠彦が言った。「島村、おまえがここに来た目的は？」

島村は、顎に指をあてて黙っている。

「弟が殺したということを黙っていてくれ。ぼくたちにそう懇願するつもりで来たのか？　それとも……」

「それとも？」

忠彦の「それとも」という言葉に不穏な響きを感じて、真紀は夫の表情をうかがった。

「口封じのために来たのか？」

島村は、まだ言葉を発しない。

「口封じだなんて。違いますよね？　友達に真実を打ち明けて、今後のことを相談するために来たんでしょう？」

口封じという言葉にゾッとして真意を確認した真紀に、島村はそこで突然笑い出した。

「どうしたんですか？　何かおかしいですか？」

「いや、あなたの夫はすべてお見通しだな、と感心してね」

島村は、口元に笑みをたたえたまま言った。何か吹っ切れた笑いのように真紀には見えた。

「実は、ちらっと考えたんだ。土下座して懇願すれば、君たちは黙っていてくれるだろうか、いやいや、清水の性格を考えると絶対に黙ってなんかいないから、口封じのために二人を殺さなければいけないだろうか、ってね」

「わたしたちを殺すつもりで？」

真紀は、反射的に身体を引いた。

「出されたコーヒーに隙を見て睡眠薬を入れて、君たちを眠らせて、眠ったところで首を絞めて殺そうかとか、部屋に火をつけて焼死させようかとか、いろいろ考えたよ」

そう続ける島村は、笑ってはいるが、目には涙を浮かべている。

「いまの世の中、完全犯罪はまず無理だと考えたほうがいいね」

と、忠彦が断定的に言った。「二〇〇〇年代に入って防犯カメラが急速に普及し、街の至るところでカメラの目が光っている。島村が奈良の家を出てここに来るまでの足跡なんか、容易にたどれてしまう。逆もしかりだ。犯行後、ここから逃げ出して奈良へ戻るまでの足跡も。巧君だって、同じだよ。自転車の旅において、至るところで痕跡を残している。何か落としたかもしれないし、宿に忘れ物をしたかもしれない。点と点が線でつながって、遅かれ早かれ、警察は、目撃されていた不審な自転車にたどり着くだろう」

「そうだな」

力なく島村が言った。

「兄のおまえにできることは、ただ一つ。弟に自首を促すことだよ」

「わたしもそう思います」

と、忠彦に続いて真紀も言った。「弟さんは、罪を認めて被害者遺族に謝罪し、被害者の冥福を祈るべきです。罪を償うべきです。弟さんはまだ若いのだから、お兄さんの力を借りて、必ず立ち直るはずです」

「俺もそう思う。そう思いたい」

と、島村も同意して、真紀へと視線を流すと、「やっぱり、ハイボールを一杯、いただけますか?」と、はじめて敬語を使って言った。

薄めに作ったハイボールを二つ、テーブルに置いたとき、寝室からニシンが現れた。トコトコとまっすぐに忠彦のもとへ行き、その膝に飛び乗る。

——大事な話が終わるまで、おとなしく待っていてくれたのね。ありがとう。

真紀は、感謝をこめた視線だけをニシンに送った。

「何だ、猫がいたのか」

島村は、ギョッとしたようにわずかに背を引いて、「そういえば、昔、清水の家でも猫を飼っていたよな。何て名前だったか」と聞いた。

「タマだよ」と、忠彦。

「タマ？」

島村が素っ頓狂な声を上げて、「つまらん名前だな。で、その猫は？」と、忠彦に抱かれたニシンの名前を聞いた。

「ニシン」

「ニシン？　おかしな名前だな。魚からとったのか？」

「いや」

忠彦は、猫の名前の由来を説明してから言葉を切ると、視線を真紀に移した。

「ニシンは、あなたの弟さんに殺害された女性が飼っていた猫なんです。事件のあと、被害者の親友である女性がニシンを譲り受けました。その女性が怪我をして入院したので、わたしたちが一時的に里親になることにしたんです。ニシンの名づけ親は、被害者の女性、宮田文枝さんです」

真紀は、忠彦の意を汲んで、説明役を買って出た。

しばらく目を大きく見開いたままでいた島村は、テーブルに突っ伏すなり声を上げて泣いた。

第十三章　猫と友と約束

1

それは、夜逃げに近かった。

大山さんの家に泥棒が入り、突き飛ばされて門柱で頭を打った事件から十日後。容子がいつもより遅い時間にゴミ捨てに行くと、大山さんの家の前にひとだかりが生じていた。

「どうしたんですか？」

事件の捜査に進展でもあったのか。そう思って、集まった人たちに聞くと、

「大山さん、突然、引っ越しちゃったんですよ」

と、あの日、通報してくれた女性が眉をひそめて言った。容子と同じ分譲住宅地ではなく、大山さんの家の並びにある戸建ての住人だ。

「引っ越したんですか？」

呆然として、大山さんの家を見つめる。二階の部屋のカーテンは引かれたままだ。

「昨日の夕方、トラックが二台来て、荷物を運び出していたの」

「大山さんは？」

「姿は見なかったけど、チャイムを鳴らしても出ないから、もういないんじゃないかしら」

「あの事件だけど」

と、二人の会話に割り込んできたご近所さんがいた。「泥棒に襲われたなんてうそだったみたいで。大山さんの狂言だったみたいですよ」

「狂言ってどういう意味ですか？　わたし、大山さんを突き飛ばして、逃げていく人の後ろ姿を目撃したんですけど」

容子が勢い込んで言うと、

「それが息子さんだったらしくて。大学生の息子さんが来ていたみたいですよ。夜半に来て、朝早く出ていったのか。家の前で、母親と何かトラブルになったんじゃないかしら」

と、ご近所さんが話を続ける。「前にも見たことがあるけど、あそこの息子さん、東京で一人暮らしをしているらしいけど、ときどき大山さんにお金をせびりに来ていたとか。

家の中から怒鳴り声が聞こえてきたこともあったし。借金でもあったのか」

衝撃的な話だった。中学三年生のときに、校内マラソン大会で優勝したという自慢の息子ではなかったか。

その夜、子供たちが二階に上がり、夫婦二人だけになった席で、容子は陽平にその話を切り出した。

「狂言だったなんて。夜逃げみたいに引っ越しちゃうなんて」

「大山さん、ここに居づらくなったんだろう」

と、風呂上がりにビールを飲み始めた陽平が言った。「『泥棒に入られた』と通報すれば、当然、警察の捜査が入る。土足で家に上がった形跡がないとなれば、警察だって不審に思う。状況から考えて、泥棒なんか入っていないと、すぐに見破っただろう。真相は、近所の人が言ったように、素行不良の大学生の息子の仕業だったんだろう。母親と揉み合いになって、突き飛ばしたら、母親が門柱に頭をぶつけてしまった」

「どうして、大山さんは、わたしに『泥棒』なんて言ったのかしら」

確かに、あのとき、大山さんは、「どろぼう」という形に口を動かしたのだ。

「息子の仕業だと思われたくなかったんだろう。頭を打った直後で、意識がぼうっとしていた影響もあるかもしれない。息子をかばって、泥棒の仕業だと印象づけたかったんだよ」

「じゃあ、わたしがもう少し冷静沈着でいて、大山さんの様子を見守ってあげていれば……」

彼女はうそをつく必要はなかったのではないか。この地から逃げるように引っ越さなくてもよかったのではないか。

「容子のせいじゃないよ」

陽平は、ビールに口をつけてからかぶりを振った。「大山さんは、家族の恥部を見せたくなかったんだろう。円満な家庭だと思われたままでいたかったんだよ。あの夜も、自分が周囲にどう思われているか心配で、様子を探るためにうちに来たんだろう」

「最後まで見栄を張りたかった。そういう意味？」

容子が言い換えると、

「そうだね」

陽平がうなずいて、「何はともあれ」と続けてため息をついた。「泥棒じゃなかったことがわかって、よかったじゃないか。うちのほうはまだ解決していないけどさ」

容子もうなずいた。何日か前、「自転車で日本各地を巡る旅をしていた奈良県在住の三十歳の無職の男が、人を殺したと自首してきた」というショッキングなニュースが居間のテレビで流れた。今夏の終わりの旅の途中、長野県内の民家に侵入し、現金十万円を盗んだところを住人の七十一歳の女性に見つかって殺害したという。女性を殺害後も、自転車の旅は続けていたという。

海のない県を巡る旅が目的で、奈良から滋賀、岐阜、長野、群馬、栃木、埼玉、山梨を通るルートを走る予定だったらしいが、足の怪我と資金難のために途中で断念して自宅に戻っていたらしい。

「群馬も通ったというから、埼玉と栃木の三県境も自転車で走ったかもしれないよ」

そういう推理を猫のサンケンを含めた家族の前で披露したのは、来月にマラソン大会を控えている和輝だった。「ぼくとぶつかりそうになった自転車の人が、その人だったりして。殺人犯とぶつかりそうになったとしたら、何だかゾッとするよね」

「その男がうちに入った泥棒だったりして。下見のつもりで、同じ地域を何日かウロウロしていたこともあったたっていうよ。空き巣もしたっていうし」

そういう推理を口にしたのは、知輝だった。

「それはないだろう」

と、和輝。「でも、もしそうだとしたら、警察がうちにも何か聞きにくるかもしれないね。そしたら、あのとき拾ったボタンが証拠品になったりして」

「それはないだろう」

と、知輝が兄の口まねをして言った。「戸締りに気をつけましょう。お母さんも気をつけるから」

「真相はわからないけど」

容子は、そのとき、息子二人に向かって注意を促す言葉をかけたのだった。「戸締りには充分気をつけましょう。お母さんも気をつけるから」

「でも、よかったじゃないか。容子は大山さんが苦手だったんだろう？」

晩酌中の陽平に言われて、自転車旅の男の事件のことを思い返していた容子は我に返った。

「ああ、うん。マウントを取るから苦手だったけど、あの事件のあとにうちに来た大山さんは、それまでと雰囲気が違って、仲よくなれそうな気がしたから残念でね。自信家に見えた大山さんが、はじめて弱い部分を見せてくれたように思ったから」

「いろいろ複雑な問題を抱えている家庭もあるんだな。外からはうかがい知れない問題を」

「我が家はましなほうかしら」

「そうだな。ましというより……」

「幸せな家庭よね」

陽平が言ってほしそうな顔をしたので、容子が代弁してあげた。

そうだよ、その家庭にわたしも加えてちょうだいよ、と言いたげに猫のサンケンが容子の足元にすり寄ってきた。

2

キャリーバッグから放たれると、ニシンは、まっしぐらに廊下に立った片瀬敏子へと向かっていき、その足元で少し躊躇したようにあとずさりをすると、背を起こして座り込んだ。まるで、元飼い主の片瀬敏子を見上げるような形で。

「あら、まあ、ニシンったら、わたしのことを覚えているのかしら」

そう言葉を発した片瀬敏子は、嬉しそうな表情をしている。

「ありがとう。ニシンを大切にしてくれて、かわいがってくれて。松本のあなたたちの家で快適に過ごしていたことでしょうね」

ねえ、ニシン、と片瀬敏子は足元の愛猫に呼びかけた。だが、抱き上げようとはしない。

「そうだ、真紀さんたちが来てくれたのだから、先に文枝さんに報告しないと」

片瀬敏子に案内されて、真紀と忠彦は仏間に入った。仏壇のいくつか並んだ位牌の前に宮田文枝の写真が立ててある。

「文枝さん、あなたを手にかけた犯人が捕まったのよ。真紀さんと、ご主人の忠彦さんのおかげでね」

「わたしたちは……何もしていませんけど」

真紀は、困惑して言った。忠彦が、弟に自首を促すように島村を説得したことなど、片瀬敏子が知るよしもないはずだ。

「いいえ、あなたたちの念が通じたのよ」

と、片瀬敏子はあっけらかんと返した。「だから、犯人が自首するなんて劇的な結末を迎えたのね」

片瀬敏子に続いて、真紀も忠彦も線香を上げ、宮田文枝の遺影に向かって合掌した。

「文枝さんを殺害したのは、自転車で日本各地を巡っていた男だったのね。旅費の足しにする目的で、鍵のかかっていない田舎の家に空き巣に入っていたとか。文枝さんは、不運だったのね。たまたまあの日、あのとき、玄関に鍵をかけていなかっただけで……」

言葉を切った片瀬敏子が、目を伏せた。心の中で亡き友に何か語りかけているのか、沈黙がしばらく続いた。やがて、きっと顔を上げると、こう言葉を重ねた。「文枝さん、あちらで待っていてね。いつかニシンが天に召される日がきたら、ニシンと一緒に虹の橋を渡ってね」

居間に戻り、お茶の用意をしに立った片瀬敏子は、さっきとは違う明るい口調で、「真紀さんのご主人にもお会いしたかったから、二人で来てくれてうれしいわ。若いのに律儀なのね。改めて挨拶に来てくれるなんて。最後に、ニシンをわたしに会わせてくれたのね。お別れの挨拶をするために」と言った。

「ああ、ええ」

「若いのに律儀」と称された二人は、当惑して顔を見合わせた。

「今回もおもたせで悪いけど、一緒に食べましょう」

片瀬敏子は、真紀たちが手みやげにした「マサムラ」と同様に老舗菓子店「開運堂《かいうんどう》」の「真味糖《しんみとう》」を皿に載せて、「これにはやっぱり日本茶が合うわね」と、緑茶と一緒に運んできた。「真味糖」は日持ちするので、横浜や奈良への帰省時の手みやげに重宝するのだ。刻んだ鬼胡桃《おにぐるみ》が練り込まれた和風ヌガーの銘菓で、真紀の好物でもある。

出されたお茶を飲みながら、訪問の本当の目的を切り出したのは、事件の解決に最大限に寄与した忠彦だった。

「実は、ニシンを片瀬さんにお返しするために来たんです」

「えっ?」

と、片瀬敏子が眉をひそめた。

「そうなんです。ニシンは、片瀬さんと一緒にいるほうがいいと思ったんです。この家で飼われたほうが」

真紀も言った。

「どうして？　わたしは、真紀さんに『ニシンの新しい飼い主になってください』ってお願いしたわよね」

「はい。でも、ニシンの立場になって考えてみたら、こちらの家のほうが快適で暮らしやすいと思ったんです。縁側もありますし」

「だけど、年寄りのわたしは、一軒家をもてあましてしまうわ。だから、マンションのほうがいい、って」

「でも、空きがある松本のマンションを勧めても、片瀬さんはあまり気乗りしない感じでしたよね」

「まあ、それは急な話だったから」

「あれから物件を探されましたか？　何も行動を起こしていないとすれば、片瀬さんご自身も、この家に未練があるんじゃないですか？　あのとき、縁側から庭に並べた鉢植えをじっと見つめていらしたし」

「だから、言ってるじゃない。この家は広すぎるし、不用心だから、それに……」

「防犯対策は、ぼくに任せてください」

そこは、忠彦が反応した。「カメラ付きインターホンにしたり、窓に防犯ガラスや面格子を取りつけたり、家の周囲に砂利を敷いたり、防犯カメラを設置したり。それに、ここは駅近の住宅街。まわりに空き家は見あたりません。ご近所と密に連絡を取り合ったり、あえて人の出入りを作ったりするのも防犯対策になります。たとえば……」

忠彦が視線を移した先には、壁に貼られたあの半紙があった。

――命名　二信改めニシン
「ご自宅で書道教室を開くとか、です」

真紀が結論を述べて、その先を続けた。「ふた間続きの和室に縁側。習字を教えるのに最適な環境じゃないですか。ニシンも賢い猫です。書道の時間は、おとなしくしているでしょう」

「あの……なぜ、わたしの心が読めたのかしら」

と、片瀬敏子が感極まったような声を出して、涙声で言葉を紡いだ。「おっしゃるとおり、わたしも本当は未練があったの。ニシンを手放すのがつらかったの。この家にも執着していたの。この家が好きなの。主人と暮らしたこの家が。長野というこの街が。人生百年。わたしはまだ七十一。まだまだ何かできる、そう思っていたの。わたしにできることと言ったら、書道しかなくて。万が一、わたしの身体が弱って、ニシンの世話ができなくなったら、そのときは……」

「はい、ぼくたちがニシンを引き取ることをお約束します」

と、今度も忠彦が力強く請け合った。

3

ニシンがいなくなった部屋は、閑散として、以前より広くなったように見えた。

「寂しくなったね」と真紀は言い、「寂しくなったね」と忠彦も受けた。

「猫を飼おうか?」

そう先に聞いたのは、忠彦だった。

「いまは……まだいい」

そう真紀は答えた。本心だった。いまはまだいい。もう少し先でいい。

「芽衣の赤ちゃん、抱いてみたいな」

かわりにそう言ってみた。これも本心だった。いますぐにはダメだ。心の準備ができていない。でも、来年であれば笑顔で抱っこできる。そんな気がする。

「かわいいだろうね」

と、忠彦も言った。

「うん」

かわいいに決まっている。

「その前に、わたし、本気で仕事を探すね。大好きなこの松本の街で」

まずはそれからだ。真紀は、心の底からそう思った。

あとがき

前作『ただいまつもとの事件簿』から二年半。前作は、長野県のご当地小説の舞台を公募で決定するという「みんなでつくる！　ナガノベル」企画から生まれた作品でした。投票の結果、人気の観光地一位となった松本城《まつもと》を登場させたのが『ただいまつもとの事件簿』です。

『ただいまつもとの事件簿』の刊行後、しばらくしてふっと頭に浮かんだタイトルが『猫に引かれて善光寺』でした。つまり、タイトルが先にできて、それからストーリーが生まれたのが本書なのです。ちなみに、人気の観光地二位は上高地《かみこうち》で、善光寺は三位でした。

本書には、その善光寺が登場します。

本書の大きなテーマは、「マウント」です。マウンティング。マウントの取り合い。

——相手よりも自分が優位だと見せつけるような言動をとること。

なぜ、人間は、自分と他人とを比べたがるのでしょう。人と比べて自分のほうが上だと思って、優越感や安心感を得たいのでしょうか。自分は自分、人は人、とわりきって考えられないのでしょうか。

地域もそうです。この街とあの街。どっちが住みやすい？　どっちの街のスイーツが、どっちの街のラーメンがおいしい？　どっちの街が人気がある？　何かにつけて比べて、順位をつけたがりますよね。

わたしが現在住んでいるのは、埼玉県さいたま市の近隣の街です。自宅の最寄り駅から大宮《おおみや》駅や浦和《うらわ》駅までは、電車一本で行くことができます。

浦和と大宮（五十音順）は、何かと比較される街です。

長野と松本（五十音順）もそうです。

浦和と大宮は、いまは同じさいたま市ですが、ライバル関係にある街（区・駅）と言われています。長野市と松本市は、市としてライバル関係にあると言われています。

どちらがより住みやすいか、どちらの観光地がより人気があるか、どちらの名産品がよりおいしいか、どちらの地域のサッカーチームがより強いか……。比較項目を挙げるときりがありません。

わたしは、中立的な立場というか、どちらも好きなのです。買い物をするなら「大宮」へ、美術館に行くなら「浦和」へ、と自分の中で棲み分けができています。

出身地が長野市でも松本市でもない、両者の中間に位置する「大町市《おおまち》」であることから、長野と松本もわたしの中で棲み分けができています。松本へはJR大糸線《おおいと》一本で行けますし、長野へは直通バスが出ています。所要時間はほぼ同じ。

高校時代、三年間通った関係で、松本は郷愁を誘う地であり、愛着があります。そして、大町への帰省時に北陸新幹線を使う関係で、長野駅には日頃大変お世話になっています。

いずれもわたしの生活から切り離せない大切な場所、大切な街です。だから、「みんな仲よくしましょう」というのが理想ではあります。

本書の執筆中は、テーマはともかく、自ら足を運んだ場所を描くのがあまりにも楽しくて、心が浮き立ったものです。

執筆中に残念なこともありました。本書に登場する長野駅前の老舗《しにせ》喫茶店「三本コーヒーショップ」が、今年の五月で閉店してしまったのです。経営者の高齢化が理由のようですが、とても素敵な喫茶店でした。いつかまたどなたかが引き継いで、お店を再開されることを願っています。

二〇二三年十月
デビュー三十五年。九十七冊目。

新津きよみ

光文社文庫

文庫書下ろし

猫《ねこ》に引《ひ》かれて善《ぜん》光《こう》寺《じ》

著 者　新《にい》津《つ》きよみ

2023年12月20日　初版1刷発行

発行者　三宅貴久

印刷　新藤慶昌堂

製本　ナショナル製本

発行所　株式会社 光文社

〒112-8011　東京都文京区音羽1-16-6

電話 (03)5395-8147　編集部

8116　書籍販売部

8125　業務部

落丁本・乱丁本は業務部にご連絡くだされば、お取替えいたします。

ISBN978-4-334-10157-2　Printed in Japan

組版　萩原印刷